U0527126

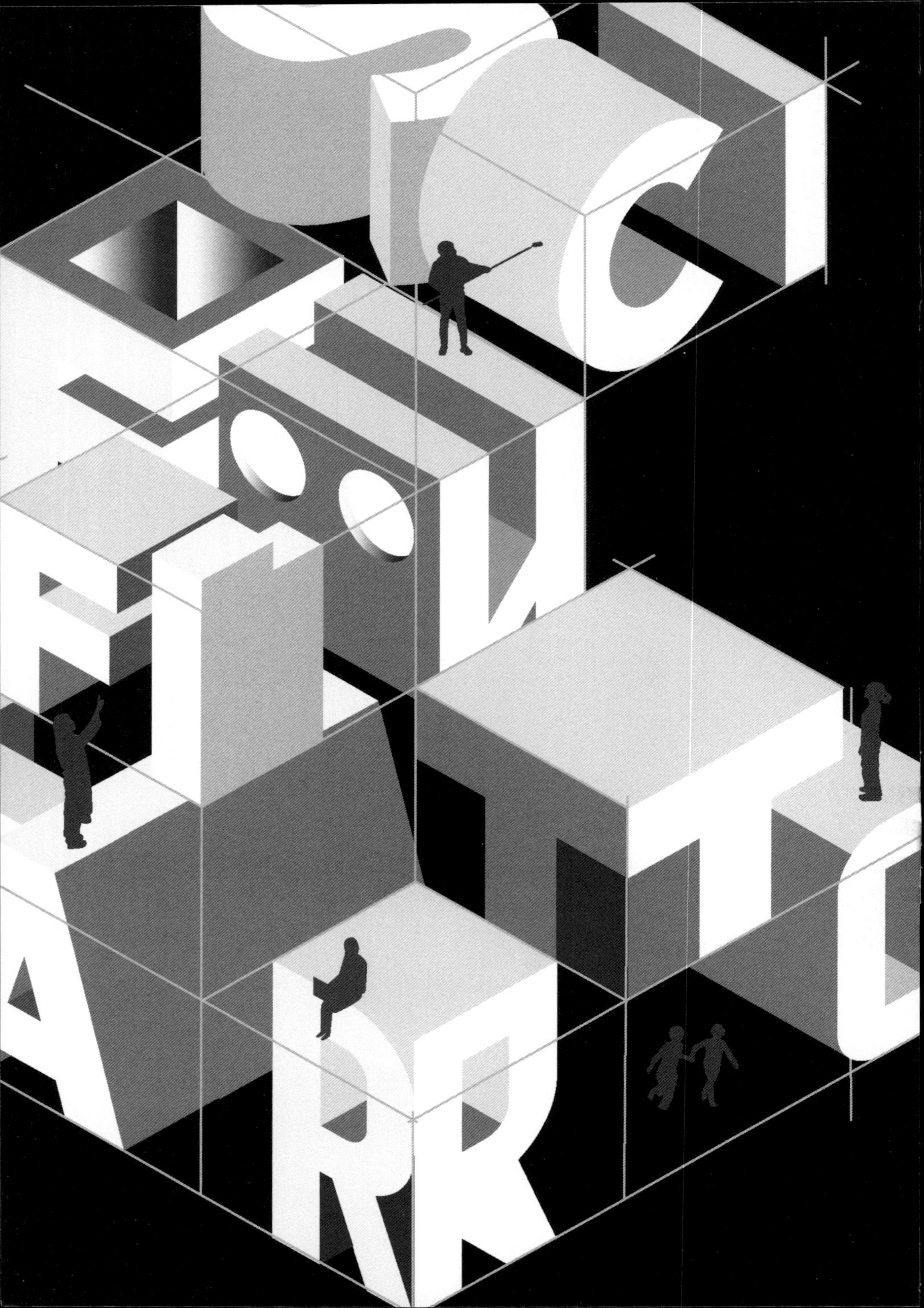

科幻创作

南科人文通识教材系列·第一辑

刘洋 著

四川人民出版社

图书在版编目（CIP）数据

科幻创作 / 刘洋著. —成都：四川人民出版社，2023.8
ISBN 978-7-220-13070-0

Ⅰ.①科… Ⅱ.①刘… Ⅲ.①幻想小说-小说创作-创作方法 Ⅳ.①I054

中国国家版本馆 CIP 数据核字（2023）第 021530 号

KEHUANCHUANGZUO
科幻创作
刘洋 著

出 版 人	黄立新
责任编辑	张 丹
装帧设计	王天甲 李梦瑶
责任印制	祝 健
出版发行	四川人民出版社（成都市三色路238号）
网 址	http://www.scpph.com
E-mail	scrmcbs@sina.com
新浪微博	@四川人民出版社
微博公众号	四川人民出版社
发行部业务电话	（028）86361653 86361656
防盗版举报电话	（028）86361653
排 版	四川看熊猫杂志有限公司
印 刷	成都市金雅迪彩色印刷有限公司
成品尺寸	145 mm×200 mm
印 张	7
字 数	133 千
版 次	2023 年 8 月第 1 版
印 次	2023 年 8 月第 1 次印刷
书 号	ISBN 978-7-220-13070-0
定 价	60.00 元

■版权所有·翻印必究

本书若出现印装质量问题，请与我社发行部联系调换

电话：（028）86361656

"南科人文通识教材系列"第一辑编委会

总主编：陈跃红

副主编：李　蓝　杨　果

本辑执行主编：杨　果

编　委
（按姓氏拼音排序）

陈跃红　黄朴民　李凤亮　李　蓝　田　松
唐克扬　吴　岩　杨　河　杨　果

《科幻创作》序言

吴 岩

在刘慈欣的小说《三体》和郝景芳的小说《北京折叠》连续获得英美科幻小说雨果奖之后,科幻创作活动在中国迅速升温,各种赛事、大奖迭出,内容网站、出版社和图书公司对这类作品如饥似渴。遗憾的是,科幻创作门槛不低,没有多年的阅读经验或专门的学习,这类作品的写作并不容易。需求引发创作生产。国内一些出版社紧跟热潮,马上出版了好几本科幻创作指南,但纸上谈兵,远水解不了近渴。指导创作,首先作者应该写过作品,其次,他应该把写作的经验讲解出来。但这样的作者能有多少?于是,市场继续期待一个曾经当过科幻教师,又有着丰富创作经验者的引导性著作。

终于,这样一本书摆在了我的面前。作者刘洋是当前很受关注的知名青年科幻作家,凝聚态物理学博士出身,从事科幻写作已十年,多部小说获奖,且在市场上大受欢迎。他的长篇小说《火星孤儿》正在同时开发电影和电视剧。单是写作经历，就让人期待；更不用说他从 2018 年进入南方科技大学之后既从事普通写作教学，也从事科幻写作教学。几年的教学积累，让他摸清了初学者学习的难点，在这个基础上写出了当前的这本指导性教材。

科幻小说的创作跟其他小说创作不同，写故事，写对话，写人物，这些都只是基础中的基础。科幻作者必须对这种文类本身的特殊性有深刻的理解，针对这种特殊性安排教学才是正道。刘洋这本书，恰好就是这样的读物。他的目标直指科幻创作中最重要的方法，即场景设定和世界建构，让读者从根源上明白这类作品给人惊奇感和满意度的方法出自何方。

刘洋的科幻设定学可是扎扎实实的学问。一个理工科出身的学者，对文学艺术的技巧整理，自然带上了纯科学的色彩。但技术方法的科学性不能掩饰它对人性和社会，对自然和种种超越自然之物的包容性。我觉得在刘洋的心中，设定最初只是对一种科技创意的简单展现，但这种创意一旦发生，关联的整个社会和人类认知都会发生巨大的变化，而科幻小说就是围绕这种变化创作的故事。就连被标榜得神乎其神的人物塑造，其实也是在设定中凸显的，他们在设定中产生，在设定中完成使命，创建属于自己的、自然而然的、命中注定的行为。刘洋正是在这种系统化的思维诱导下建立了自己的科幻设定学和宇宙架构体系。他不但自己实践，还在教学中进行大量探索，设计出许多练习，一步一步地带领学生深入设定和构架技术的深处，让他们在学会重新安排世界的过程中，体验到设定后的科幻创作方法多么有趣。为了强化科幻设定的意义和价值，刘洋还设计出一种独特的"拟论文"，让学生将设定研发本身也变成了一种科研。一个本来用于科幻写作的方法，被刘洋升级进入学术领域并逐渐走向实用。这还不止，他甚至还编写了科幻设定学的人工智能程序，把一些繁重的设定和推演工作交给机器去完成。给出内容和边界条件之后，程序运算的结果让人看到的，是全然不曾想过的宏伟或精微的世界。我觉得这些都是我给大家强烈推荐这部科幻写作指南书的原因所在。

　　除了上面说到的几个特点，这本科幻写作指南还有几个重要的特点。首先，书中的内容多数来源于初学者创作过程中发现的问题，因此特别接地气。你看到的不是某些理论家的洋洋洒洒隔靴搔痒，而是实打实的创作方法。这些方法让你能实现从无到有、从能力到信心的逐渐提升。大量案例的提供，让你觉得他们能办成的事情你也能成。其次，这本书在讨论科幻创意的时候，联系到古今中外大量科幻作品，这样的联系能举一反三触类旁通，也能让你理解科幻史发展中每一个步骤所带有的创新性到底来自哪里。最后，这本书不但给科幻作者提供了某种可能的学习路径，也给从事创意创新工作的人员提供了一些方法学的启示。现在大家都在谈新文科，我觉得新文科的做法就应该是这样的，把科技跟人文社会科学熔于一炉，把客观世界跟人类的愿望融为一体，并由此提供新的认知和探索世界的启迪。

2021年9月，考虑到刘洋在科幻创意方面的水平和能力，南方科技大学科学与人类想象力研究中心决定授予刘洋"首席世界架构师"的职位。希望这本书能对世界架构学或设定学的普及起到积极作用。也期待刘洋研发的人工智能科幻创意设定和世界架构系统，能早日投入使用，协助更多人把创作活动做得更好。

吴岩，科幻作家，博士生导师，南方科技大学人文科学中心教授，科学与人类想象力研究中心主任

2021年10月于南科大

目 录

第1章 科幻创作概论　　1
1.1 科幻创作的惊奇之旅　　2
1.1.1 惊奇在远方　　3
1.1.2 惊奇在异类　　13
1.1.3 惊奇在科技　　22
1.2 科幻创作的课程建设　　32

第2章 创意的激发　　41
2.1 写作的冲动　　42
2.2 如何激发创意　　45
2.2.1 惊奇溯源　　45
2.2.2 技术失控　　51
2.2.3 狂想假设　　58
2.3 科技文献阅读　　61
2.3.1 查阅科技文献　　62
2.3.2 从科学到创意　　65

第3章 从设定到设定网络　　75
3.1 什么是设定　　76

3.2	设定的创新	79
3.2.1	假想科学	81
3.2.2	异构世界	84
3.2.3	技术奇观	87
3.2.4	奇异生物	91
3.2.5	社会结构	94
3.3	设定的层次	96
3.4	设定链与设定网络	102
3.5	一些注意事项	107
3.6	设定练习	108

第4章　世界建构例析　115

4.1	异星世界建构	116
4.1.1	重力	117
4.1.2	磁场与大气	119
4.1.3	范例分析1：《重力使命》	123
4.1.4	范例分析2：《龙蛋》	129
4.2	数字谜题设计	137
4.3	社会响应建构	142
4.4	世界建构练习	154

第5章　故事的构建与呈现　169

5.1	软科幻与硬科幻	171
5.2	惊奇点	174
5.3	计划、意外与隐情	178

5.4	误读	186
5.5	设定的呈现	188
5.5.1	叙述式	192
5.5.2	对话式	194
5.5.3	缺省式	197
5.5.4	渐进式	200
5.6	叙述形式与叙事节奏	205
后记		213

第 1 章 科幻创作概论

这是一本关于科幻创作的简要指南。在本书的第 1 章，按理应该讲一讲科幻小说的定义，或者说它的由来和发展史，但如果真要写这些，恐怕很难在简短的篇幅内讲清楚。如果想要创作科幻，对科幻史有一些了解是很有必要的。很多科幻作者都是从科幻迷转变而来的，因此他们对科幻这一文类应该知之甚详。对于这类读者，你们完全可以直接从第 2 章开始读起。当然，如果有对科幻不太熟悉的作者，我还是建议你们在写作之前，先寻找一些经典的科幻作品进行阅读，以便对这一文类的特质有所了解。

自诞生以来，科幻作品最核心的吸引力，既不是华丽的文笔，也不是严谨的科学，而是一种建立在认知逻辑基础上的"惊奇感"，或者说"新奇性"。换句话说，就是一种出乎读者意料的，甚至是颠覆了其日常生活经验的震撼而陌生化的认知体验。因此，与其泛泛地介绍科幻史，不如直接切入其核心。基于这一考量，本章将重点从科幻小说的这一核心出发，谈一谈在科幻小说的发展过程中，作者都是从哪些方面挖掘惊奇感的。剩下的一小部分，则简要介绍一下在中国的高校中，科幻类课程的发展状况。

1.1 科幻创作的惊奇之旅

科幻这一文类，自萌生以来，就以为读者提供陌生和疏离化的情感体验为特征。最早的作品大多以游记探险为主要内容，从未知大陆到遥远太空，陌生的地理环境带给了人们最初的惊奇感。十九世纪末，威尔斯"发明"了"时间机器"。以其为契机，之前单纯的空间之旅扩展到时间轴上，时间旅行开始在科幻作品中频频出现。在时间和空间的彼端，最大的威胁往往是那些神秘的未知生物。这些异类与人类的相遇，除了给读者带来新奇的认知体验，也让我们有机会重新审视人类社会本身的文化和结构。

进入二十世纪以来，现代科技的迅速发展让科幻小说更多地与科技联系起来。在小说里，人们有时用一种新奇的技术来解决某些重大的危机，有时候则恰好相反，正是某些技术装置的使用给人类带来了一系列问题。那些作品中涉及的科技大部分都是作家对某种真实科技的夸大、迁移或重构。这些虚构的科技及其衍生效应，同样给人带来惊奇的感受。

在创作科幻小说时，一个很重要的考虑就是，如何通过作品给读者以惊奇感。这本书一开始，我们将简要列举一些前人的作品，通过它们，我们可以大致了解科幻这一文类在惊奇感的挖掘上，走过了怎样的历程。对于科幻创作者而言，从前人的作品中吸取养分，打开思路，也是进行题材拓展和风格创新的必经之路。

1.1.1 惊奇在远方

在十七和十八世纪的科幻小说里，月球是一个常见的旅行目的地。被很多人认为是科幻小说开端的开普勒作品《梦》，正是一部以月球为目标的幻想游记。他在作品中描写了月球生物的形态，它们如何寻找水源，以及适应漫长的昼夜交替。作者开普勒虽然是著名的科学家，但作品中人类前往月球的方式却很不科学，仅仅是凭借人们的"意念"。

出版于1638年的《月中人》是科幻小说中最早出现外太空飞行情节的作品之一，其作者是十七世纪的英国主教弗朗西斯·戈德温。在小说里，飞船的主人是一个叫作多明戈·冈萨雷斯的西班牙人，他乘船在大西洋上航行，因为生病流落到一个小岛上。碰巧，岛上有一群野天鹅，为了回到故乡，他开始尝试训练野天鹅进行负重飞行——首先让天鹅携带一些简单的物体，然后是一只羊羔，最后是他自己。他就这样组建了一艘以自己名字命名的飞船，飞船顺利地带他回到了欧洲。可是他并不知道的是，这些野天鹅的故乡原来是月球。后来，在天鹅迁徙至月球的季节，冈萨雷斯也被鹅力飞船带到了月球上。在月球上经历种种奇遇后，他返回地球，降落到中国，然后被送往了北京。

现在看来，这本小说中的航行方式荒诞不经——当时人们认为地球的大气会一直延伸到所有的天体上——但小说里出现的很多技术细节，却仍然值得注意。这是世界上第一部描述太空失重现象的文学作品。作者在书中推测，地球的引力会随着与地球距离的增大而减小，因此在地球和月球中间，存在一个点：在这里，来自地球和月球的引力互相抵消。当飞船从月球返回地球，经过这个点时，飞船会突然向着地球的方向翻转。月球的引力比地球更小，在月球上，一个人可以很容易地跳到"五十到六十英尺高"。在月球上看地球，比在地球上看月球更大。月球上的光不仅来自太阳，而且来自地球对太阳光的反射，其亮度比在地球上看到的月光更明亮。当然，因为时代的限制，书里也有很多低级错误，比如作者似乎认为，飞船在地球和月球间飞行时，三者总是在一条直线上——这里显然没有考虑到月球绕地球公转的因素。

1657年，法国作家切拉诺·德·贝尔热拉（Cyrano de Bergerac）的科幻小说《月球之旅》出版。切拉诺在书中以近乎科学的态度，仔细讨论了七种可能的太空航行的方法。比如利用磁铁的吸力升空：把双脚绑上磁铁，用手将一块大磁铁抛向空中，受磁铁的吸引，整个人就会随之上升；当上升到磁铁的高度时，用手抓住磁铁再次向上抛，于是又可以将身体吸到更高的高度。又比如在全身绑上装满露水的小瓶子，在阳光下暴晒，露水蒸发后形成厚厚的云朵，自己就可以浮起来。又或者是制造一艘利用弹簧驱动翅膀的小船，把小船运到山顶上，依靠弹簧把船射入天空。在小说里，主人公尝试了七种方法，前六种都因为种种原因而失败了，只有第七种成功了——那就是利用火箭，或者更准确地说，是利用爆竹产生的焰火。

德国早期火箭专家威利·李对其评价说："切拉诺偶然地——当然自己并没有真正认识到——猜测到作用与反作用原

理。牛顿直到半个世纪之后才阐述了这个原理的真正含义。"①毫无疑问，这里说的是牛顿第三定律：当一个力作用在某个方向时，在另一个方向必然会产生一个大小相同、方向相反的力。当火箭向某个方向抛射出大量物质时，它的其余部分则会受到与抛射方向相反的一个推力——无论在空气中还是真空里，都是如此。时至今日，火箭仍然是人们进行太空航行最重要的运载工具。尽管切拉诺非常巧合地在小说里描写了利用焰火的反作用力进行飞行的情况，但在之前他提出抛磁铁飞行的方法时，却忘记了用手抛磁铁时亦会受到向下的反作用力，可见他确实没有真正明白牛顿第三定律的含义。

事实上，真正将反作用力推进系统小说化的作品是阿西尔·埃罗（A. Eyraud）在1865年出版的《金星之旅》。在作品里，主人公发明了一种名为"反作用马达"的动力装置，其原理正是利用水的反作用力将飞船推入太空。作者在书中用手枪的后坐力生动地说明了反作用力的由来。从原理上来说，现代的火箭和书里的"水箭"并没有本质的区别，只不过是喷射的物质不同罢了。

1868年出版的凡尔纳作品《从地球到月球》堪称现代科幻小说的典范。它不再像早期的科幻小说那样，对于技术细节语焉不详，而是以一种满含技术乐观主义的腔调，几乎是巨细靡遗地描写着那些幻想中的美妙技术。这本书和其续作《环绕月

---

① Ley Willy, *Rockets, missiles, and space travel*, London: Chapman & Hall LTD, 1952, p. 22.

球》准确地预言了许多在如今的航天活动中出现的细节：发射场、密封舱、失重、飞船的变轨、制动和海上降落等。小说首次提出用大炮将载人密封舱发射到月球的设想，看上去虽然匪夷所思，但故事中呈现了许多细致的计算，让整个小说充满了真实感。刘慈欣的《地球大炮》某种程度上正是对这种设定的一次延续和完善。

在《从地球到月球》出版四年之后，美国作家爱德华·艾弗雷特·海尔（Edward Everett Hale）在《亚特兰大月刊》发表了他的短篇小说《砖砌的月亮》，里面第一次出现了载人太空站的雏形。在小说里，他描写了一个直径为两百英尺，由一千两百万块砖砌成的球状建筑。在一次偶然的情况下，它被发射到了环绕地球的近地轨道上。发射它的目的本来是为了给地面上的人们提供在经度方向的参照物，正如我们通过北极星来判断纬度一样，所以这个人造月亮预定绕着地球的南北极进行飞行，可惜失败的发射让它偏离了轨道。在发射过程中，外层的砖块在冲出大气层的时候被空气摩擦产生的热量熔化了，最终它停留在了距离地面五千英里的轨道上，成为一个事实上的太空站。它在绕地球飞行的同时，还维持着七小时一圈的缓慢自转。太空站里有37人居住，食物储备充足，看上去他们的生活与地球上没什么两样——人们在里面建立了教堂，甚至结婚生子！一个有趣的细节是，书里写道："如果我们想改变身处的季节，只需漫步一分钟，便可以从炎炎夏日进入寒冬。在（太空站）内部不同区域有十一种不同的温度，它们是维持不变的。"显然，作者很敏锐地意识到了太空站内外的温差问题。

在十九世纪末，关于火箭与航天的理论研究开始兴起。俄国科学家齐奥尔科夫斯基在1883年的一篇手稿《自由空间》中严肃地探讨了火箭推进的可能性；1897年，他推导出了著名的火箭运动方程式，引出了关于火箭的质量比的概念。二十世纪初，他又发表了一系列论述：指出液体火箭是实现星际航行的理想工具，首次提出了液体推进剂的泵输运方法和火箭发动机燃烧室的再生冷却方法，提出利用陀螺仪进行宇宙飞船的方向控制，首次研究了失重对生物的影响，首次提出利用光压驱动宇宙飞船的思想，等等。

航天学的进步也激发了科幻作家的热情，各种关于宇宙航行的奇思妙想在这一时期开始井喷般地涌现出来。事实上，齐奥尔科夫斯基本人就写作了大量的太空科幻小说，其作品风格严谨，极富科学色彩。

第一次提出气闸舱（airlock）这个概念的科幻作品是《太空云雀》，作者是美国作家爱德华·艾默·史密斯——他也被认为是太空歌剧这一科幻子类的早期代表作家。气闸舱为充满了空气的太空站内部和接近真空的外部空间搭建了一个过渡的区域，以供宇航员出入。类似的思想在1894年雅各布的科幻作品中就已经出现了，其名为"双门舱"。后来在莱因斯特1953年的作品《太空拖船》中，出现了膨胀气闸舱的概念，即设计出了一个充气膨胀的舱室来行使气闸舱的功能。

圆柱状的可旋转太空站，在科幻小说里第一次出现，可以追溯到杰克·威廉森1931年的作品《太空王子》。这是迄今为止最经典的太空站构型：巨大的环形可居住空间，通过旋转来产生人造重力。在1968年上映的经典科幻电影《2001太空漫游》中，你可以看到对这种空间站的影像化呈现。当然，这个点子很可能并非其原创。在1928年，斯洛文尼亚的火箭工程师赫尔曼在其著作《太空旅行的若干问题》里，就提出了这样的构想。

在这一时期，随着太空歌剧类型的科幻小说逐渐盛行，许多在太空站里使用的工具和生活用品也被科幻作家设计了出来。罗伯特·海因莱因在其1948年的小说《先生们，请坐好》中，设计了一个用来检查太空站里空气泄漏点的小玩意儿：那是一个包裹着修补材料的气球。当太空站出现空气泄漏时，气球会随着气流飘至泄漏处，气孔对气球的吮吸造成其破裂，其中的修补材料便可以自动堵塞住泄漏点了。而在1942年的小说《瓦尔多》（*Waldo*）中，海因莱因设计了一种在零重力情况下使用的烟灰缸。

接下来我们将不得不讲到阿瑟·克拉克。作为科幻黄金时代的三巨头之一、技术科幻的代表人物，他写了大量带有技术预言性的科幻小说。克拉克最大胆、最狂放的设计莫过于"太空电梯"了。在长篇小说《天堂的喷泉》中，他提出了这样一种新颖的空天运输方式：用一种纤细的碳材料，将位于地球同步轨道上的太空站和地面连接起来，搭建一座三万六千千米的"电梯"，供人类和货物上下。这种方便廉价的运输方式使火箭发射成为历史。

在近地轨道或太阳系内的旅行已经逐渐让人习以为常之时，科幻作家就需要将故事背景放到更遥远的宇宙深处了。但常规的化学火箭限制了人们对遥远星系的探索，于是科幻作家们不得不提出了若干更先进的推进装置来满足其故事的需要，其中之一便是巴萨德冲压发动机。这种装置首次出现在科幻作品里，是在拉里·尼文二十世纪七十年代的系列作品《已知宇宙》中，但这个设计本身则是物理学家罗伯特·巴萨德在六十年代提出的。这是一种收集宇宙中稀薄分布着的星际物质作为燃料的发动机，它的优点在于不用再依靠飞船本身来携带巨量的燃料，从而大大减轻了飞船的有效质量，也提高了飞船的续航能力。这是一种不使用任何未知技术就可以实现亚光速航行的方案，而且理论上飞船的续航能力是无限的。值得注意的是，星际物质极为稀薄，因此当巴萨德发动机启动时，必须要求飞船已经具有了一定的初速度——这样才能在单位时间内收集到足够多的反应原料。所以，通常在启动巴萨德发动机之前，还要使用传统发动机工作一段时间。

这个方案随后又进行了多次改进，比如把原本作为推进燃料的氢改为核聚变反应物质，把机械收集装置改为用电磁力的方式来收集。在波尔·安德森的小说《宇宙过河卒》里，我们可以看到对于这种改进后的巴萨德发动机的详细而精彩的描写：

> 磁-氢合力场……的能量脉冲可以前出数百万千米，利用偶极子捕获空间中的原子——甚至无须电离——并控制原子流。这种联合力场并不仅仅像护甲一般被动地防御，它还可以驱散星际灰尘和大部分气体，只有最主要的氢可以例外……最终，氢原子进入一道涡流圈，然后被压缩，最终成为巴萨德发动机的燃料。

借助这种独特的驱动器，小说里的飞船横跨了整个宇宙，甚至逃过了宇宙的毁灭，进入了诞生的新宇宙之中。相比巴萨德发动机，另外一些驱动方式则显得更为超现实——曲率驱动就是一个典型的例子。

空间扭曲（space warp）的概念最早出现在科幻小说里，大概是在1936年杰克·威廉森的《彗星人》（*The Cometeers*）。而第一次使用空间的曲率作为飞船动力的构想，则是在1949年弗雷德里克·布朗的《如此疯狂的宇宙》（*What Mad Universe*）里。在小说里，一个哈佛大学的科学家，因为差点在家里地毯上滑倒，而偶然想到了这种驱动方式。确实，从原理上来讲，地毯是一个很形象的比喻方式：传统的飞船的驱动方式是让小球在地毯上滚动，而曲率驱动的飞船，则是通过拉动地毯本身来使小球移动。随后，这个概念在美国的经典科幻电视剧《星际迷航》里进行了精彩的呈现，并随之广为人知。

  曲率驱动最吸引人的地方是其可以实现超光速飞行，同时并不违反广义相对论：你可以快速拖拽小球之下的地毯，使小球相对屋子其他地方实现超光速运动，但小球相对于脚下的地毯而言，速度并没有超过光速。1994年，墨西哥物理学家米戈尔·阿尔库贝利（Miguel Alcubierre）提出可用波动方式拉伸空间，使飞船前方的空间收缩而后方的空间扩张，飞船在太空里"乘"着空间的"波浪"前进。这个"波浪"区间叫作"曲速泡"，里面是一块平坦时空。飞船在泡内并非真的在移动，而是被泡带着走。这个图景非常像在机场常常看到的人行道，你站立在上面不动也可以被带着向前走。2013年，美国宇航局的哈罗德·怀特（Harold G. White）博士和他的研究组已经开始利用极小的光子开展曲率驱动实验，看是否可以将光子周围的时空扭曲，从而使其在不改变速度的情况下运行更远的距离。

  对于中国的读者来说，熟悉曲率驱动这一概念大概要归功于刘慈欣的《三体》系列了。小说中的三体人在科技突飞猛进之后，便实现了这种终极驱动方式。在《三体》第三部中，刘慈欣写道："一艘处于太空中的飞船，如果能够用某种方式把它后面的一部分空间熨平，减小其曲率，那么飞船就会被前方曲率更大的空间拉过去，这就是曲率驱动。曲率驱动不可能像空间折叠那样瞬间到达目的地，但却有可能使飞船以无限接近光速的速度航行。"当然，刘慈欣比较保守地采用了"接近光速"的设定，而没有提到超光速的可能性。

总之，在科幻小说里，人们总是尝试去往前所未见的远方，以便给读者带来最惊奇的感受。而在这个过程中，各种宇航技术的设想也是一个颇为有趣的创意生发点。

1.1.2 惊奇在异类

在前往未知之地的探索旅程中，与奇异生物或外星种族接触似乎是必然的遭遇。描绘这些异类生命的特异之处，除了给读者带来新鲜感之外，另一个很重要的作用其实是为人类社会本身提供一个自我审视的视角。威尔斯在《时间机器》中描绘了未来社会出现的两种新的种族，即生活在地面的享乐者爱洛伊人与终日在地下劳作的莫洛克人，这显然是对现代社会阶级对立的极端化展示。约翰·温德姆的《三尖树时代》描绘了一种获得了智力和行动能力的产油植物，它们对大部分已陷入失明状态的人类进行了大肆猎杀。值得注意的是，三尖树是在苏联的生物实验中被制造出来的，因为一起空难而传播到了英国。因此，小说实际上反映了在冷战的阴影笼罩下，人们对文明崩溃的恐慌和绝望。老舍的《猫城记》描写了一个充满陋习的火星种族，他们吸食"迷叶"，在金钱上锱铢必较，冷漠自私，政治腐败，人民麻木不仁。显然，这些内容是对当时正处于风雨飘摇下的中国社会的真实写照。

不同国家科幻作品中出现的异类特征,多少可以映射出一定时期内其国家社会和民众心态的现实状况。因此,在这一节中,我们将把视角主要集中在中国的科幻作品上。

在最早期的中国科幻小说里,就出现了对各种异类的描写,包括地球上的异族以及外星生物。在荒江钓叟所著的《月球殖民地小说》里,曾描写了一个名为鱼鳞国的异族,其国民迷恋"缠手",并因此给自己带来了严重的生活困难和生计负担。这显然是对晚清女性"缠足"陋习的一种讽刺批判。徐念慈的《新法螺先生谭》里设想了一群生活在金星上的岩石生物,它们长得很像地球上的动物,但却是矿物之身:

> ……最先触目之物,即为一白石,其形似蚯蚓,其一半已软,有蠕蠕欲动之势,一半尚硬,俨然白石。
> 其次即一绿玉,形似海边之蛤,面上屬旋已具,二壳合处,隐有一缝,壳内中空,有肉坟起,余若腔肠动物、棘皮动物、软体动物、节足动物,无一不具。

中华人民共和国成立后到二十世纪七十年代末,也有一些描写异类生物的科幻小说,但多数并不以其奇特性为惊奇点,而是着重突出它们的功能性,或将重点放在对科学精神的刻画上。例如,肖建亨在《球赛如期举行》里描写了一种从火星带回的蓝色藻类,其颜色为深黑色,且可以在雪花中爬动,因此被人们撒在雪地上用来消除积雪。刘兴诗的《陨落的生命微尘》同样描写了一种外星蓝藻,它是从古星"法埃顿"上通过陨石流浪到地球上的,它"有着与众不同的外表:蓬蓬勃勃,枝杈蔓生,叶片细小却排列得很稠密。它覆满了整个花盆,又蔓延到地下……全身竟是蓝幽幽的,和周围的绿色世界很不调和"。王国忠的《神桥》里写到了一种奇特的微生物,人们用它在两座大山之间搭了一座桥。叶永烈在《石油蛋白》里则写了一种"嚼蜡菌",将奇异的微生物直接和工业生产联系了起来。

八十年代以后,中国的科幻小说不管在题材还是写作技巧上都取得了长足的进步。这个阶段自然也涌现出大量以异类生物为惊奇点的作品,它们主要包括以下四种类型。

其一,描写具有集群智慧的生物。例如,王晋康的《养蜂人》写了具有集群智慧的蜂群。江波在《湿婆之舞》里写了一种奇特的埃博细菌,"它们通过细长的突起相互联系在一起,彼此间交流信息……通过这种方式,它们可以变成一个庞然大物,庞然到超越想象。……我丝毫不怀疑它们会形成一个强力的大脑,然而,那个大脑的尺度就是整个地球,简单的核攻击根本不能损伤它们"。遥控以 shake space 为笔名发表的短篇《马姨》,写了一种由电脑机箱中的蚂蚁所组成的集群智慧。这种蚂蚁与人类的沟通方式颇为有趣,完全以生物的形态模拟了计算机的工作方式:

从打开的机箱顶上可以清楚地看到内部。在那个类似光驱的砂糖添加器的一边,有一套类似移动打印头的装置。当我打完回车后,那个装置活动起来,在机箱里这里放一点砂糖,那里放一点砂糖。放置的位置与我刚打开机箱时看到的全然不同,似乎自有规律,和我输入的字符有关。立刻有一部分的蚂蚁被砂糖所吸引,向砂糖爬去。蚂蚁王国内部有着极其完善的组织系统,一些蚂蚁探明了路径后立刻返回母巢联系其他蚂蚁,不多久,蚂蚁在砂糖周围形成了复杂的图案,几条蚁路在砂糖和母巢之间建立,蚂蚁们开始搬运砂糖。

机箱顶部有几个摄像头,整个蚂蚁们工作的场面都被拍摄了下来,稍加处理后成为一幅抽象画显示在了屏幕上。

其二,描写某种异化的人类。最常见的异化方式自然是基因编辑,例如王晋康在《豹人》里写过的被植入了猎豹基因的变种人,刘慈欣在《天使时代》里描写的植入了食草动物消化系统基因的桑比亚人。也有更为激进的基因改造方式,比如何夕在《十亿年后的来客》里写的具有三螺旋DNA结构的未来生命。有时候,异种人是因为生活在与常人不同的环境中而具有奇异的特征。比如,韩松在短篇小说《深渊:十万年后我们的真实生活》里，设想了生活在海里的未来人类，他们具有靛蓝色或银色的皮肤、宽厚的鳍、褐色的鳃，视力退化，通过低频声波进行交流。赵海虹分别在《蜕》和《伊俄卡斯达》两篇小说里描写过穴人和史前人两种特别的异类人。穴人是一种生活在海底洞穴中的奇特人种，一生要经历九次蜕皮，在一次人类对地底裂缝的考察中被发现后，被引入人类社会，然而却沦为了传媒敛财的工具。史前人同样是在海底发现的。人们在海底发现了一个来自史前文明的冬眠基地，并在其中发现了史前人类的活细胞，后来通过克隆技术，借由人类的子宫将史前人生了出来。这种来自大洋的史前人形态与人很接近，"但如果用仪器检查马上就能发现许多问题，比如他的肋骨比人类多两根，又比如他没有盲肠——从这一点看，他比现代人类进化得更彻底"。长铗的《扶桑之伤》与之类似，也写了人类通过基因和克隆技术复活一个上古人类的故事，不过这次上古人类的基因所保存的位置更为离奇。一个科学家偶然在某种"全新世硅化木化石里发现了透明的富有弹性的有机组织"，克隆培育后，生长出一种高大的树木，原来这竟然是古书所记载的扶桑。而且，在扶桑的基因组里，科学家还发现了一个大秘密：在其基因的非编码区，通过一套独特的编码法则来解读后，发现其中居然储藏着一个远古人类的基因组。通过远古人类的故事，作者反思了人类对自然和环境的态度。何夕在《盘古》里还设想了一种奇妙的人类异变方式——人为延长婴儿在胚胎状态的时间。在十月怀胎中胚胎复现了从鱼到两栖生物再到人的整个进化过程，如果延长这一过程，会怎么样呢？小说描述了一个经过四年怀胎过程所诞生的巨大的婴儿，他几乎已经具有了神一般的能力。此外，大规模瘟疫等灾变也会对人造成剧烈改变，例如燕垒生在小说《瘟疫》中就写了一种因为感染了硅基病毒而全身石化的奇异病人。

其三，描写某种人造生物。其实从《弗兰肯斯坦》以来，科幻小说中的人造生物通常都会引发某种灾难或因其他原因而造成悲剧性的结局。这时期的中国科幻小说里同样有很多这样的例子。比如，王晋康在《替天行道》里写到的引入了自杀基因的小麦，因为微生物在不同植株中搬运基因而导致了自杀基因的扩散。罗隆翔的《寄生之魔》同样构想了一种名为"魔菟丝子"的转基因植物：研究者把叶绿素植入了菟丝子这种寄生植物体内，让其可以自行合成养分，以减小其对宿主的伤害；又参照捕蝇草的原理，让菟丝子能自己捕捉昆虫，获取足量的磷，并与宿主分享。其本意是打造一种可以为农作物提供磷肥同时防止病虫害的生物机制，却没想到引发了极其严重的后果。魔菟丝子先是杀死了一个农庄的主人，然后把前来调查命案的警察也吃掉了——只要有养分的东西它就会吃。接着，全世界都出现了魔菟丝子的影子，造成了数万人的伤亡。它们甚至形成了集群智慧，对人类文明构成了强大的威胁。另一种常见的人造生物是电脑病毒，例如陈兰在《猫捉老鼠的游戏》中描写的进化出智慧的电脑病毒，它们甚至对现实世界也造成了影响。当然，也不是所有的人造生物最终都会与人为敌，例如王晋康的《水星播种》所写到的人造金属生命。它们本质上是一种可以自我复制的纳米机器人，在被放养到适合它们生活的水星上后，逐渐进化出了自己的文明，并将人类作为自己的图腾。赵海虹在《桦树的眼睛》里描写的具有情感变化的白桦树，还帮助人类找到了杀人的凶手。

其四，描写外星生命或某种具有高级文明的宇宙生命。在这个阶段，中国科幻作品对外星生命描写的细致程度已经远远超过了早期，而且对其生命形态的想象也更加多样化。例如苏学军的《火星尘暴》描写了一种具有亲水因子的火星蘑菇，因为一次事故在火星考察站中蔓延开来，结果吸食了人类储存的所有水源，造成了一场严重危机。还好最后在一个峡谷中找到这种火星蘑菇的存在迹象，发现了火星上的水源才解决了这场危机。柳文扬的《是谁长眠在此》里写了一种可怕的"沙人"，它们吞噬了整个星球上原有的智慧生命，毁灭了这个文明。当外来者来临时，它们则模拟成原有生命的模样，引诱着新的猎物。迟卉在《虫巢》里描写的坦塔图拉巨虫样貌可怖，和在这个星球上居住的弱小的坦拉人看上去毫无关系，但其实却是坦拉人在进入成年季后转变而成的状态。这种类似昆虫的奇特发育过程，在两种截然不同的生命形态间形成了强烈的对照，也为小说营造了足够的悬念。另一个有趣的设定是，这个星球上的所有虫巢在地底都贯穿相连,成为一体:"这铺设于地下的庞大几丁质管网可以通过共振来放大声波,只要你晓得如何利用虫巢的走向来控制方向,你的话语就可以飞快地——并且毫不减弱地传到特定的村庄。"这是属于坦拉人的一种全球性的信息传递系统。呼呼的《冰上海》里写到了一种具有三只眼睛的"阿姆托人",两只长在脸上,一只长在头顶。其原因是,"阿姆托人是从某种陆生动物演化来的,那种动物可能曾有一种飞禽类天敌,头顶上的眼睛就是用来放哨的——和另两只眼睛不同,天眼没有眼睑,始终睁着,而且只对远处的移动物体有反应"。赵海虹在《异手》里虚构了一种隐藏在地球人中的R星人,他们天生具有变形能力,因此可以化身为人类的形体融入人类社会。

对文明程度高于人类的智慧生命的描写,侧重点更多地被放在其科技水平或思想行为上,而弱化了对其生物学特征的关注。比如姚鹏博的小说《三十六亿分之一——蒙谟克·奥尔特的生命之旅》,其中描写的奥尔特彗星生命并没有固定的形态,几乎全程只通过声音出现在故事中。而它们的使命则是向宇宙中其他星球播散生命的种子。关于高等文明,除了长篇《三体》之外,刘慈欣的多个短篇小说都涉及这一主题。他在《人和吞食者》中描写了一个名为"吞食者"的文明,其成员都居住在直径为五万千米的轮胎状的世代飞船上。到达目标行星后,"轮胎"会把整颗行星完全套在里面,利用其巨大的引力抵消行星本身的重力,再从内壁上将无数缆索伸至行星表面,以此掠夺行星的资源,包括海水、空气、矿藏等。吞食者的成员样貌像地球上的蜥蜴,后来发现它们竟然也源自地球,是恐龙的后代。而《诗云》则呈现了另一种截然不同的高等文明,他们"掌握了不可思议的技术,已经纯能化,并且能在瞬间从银河系的一端跃迁到另一端"。在与人类的交往中,他们对汉语和古诗产生了兴趣,其中一位评价道:"我穿行于星云间,接触过众多文明的各种艺术,它们大多是庞杂而晦涩的体系,用如此少的符号,在如此小巧的矩阵中涵含着如此丰富的感觉层次和含义分支,而且这种表达还要在严酷得有些变态的诗律和音韵的约束下进行。这,我确实是第一次见到。"同样热衷于艺术的外星种族还有他在《梦之海》里描写的"低温艺术家"以及《欢乐颂》中的"音乐家"。低温艺术家起源于星系之间的寒冷虚空,他们能自如地操纵冷冻场和反引力场,从而创造出无与伦比的冰雕作品。而音乐家出现在人类面前时的形态像一面巨大的镜子,他以太阳为乐器,以比邻星作为节拍器,用电磁波的形式将演奏出的乐音传向全宇宙。而在《思想者》一文中,他近乎将对外星生命的宏大想象推演到了极致。小说里设想的生命形式是宇宙级别的,恒星的闪烁只是其意识底层的神经信号传递而已。

大致回顾了不同时代描写异类生物的中国科幻小说后,不妨再结合我在创作上的经验说几句。其实我也写过不少以异类生物为主题的作品，比如《二泉》里写的以水为本体的入侵生物，《重力瘤》里写的声波生命，《迷雾》里写的量子传输产生的物质波碎片所形成的智慧生物，《说书人》里写的依靠听故事来发电的细菌，《幻树》里的能让人产生幻觉的巨树，《流光之翼》里通过翅膀反射光线进行量子计算的蝴蝶，《勾股》里写的生活在扭曲时空中的外星人，以及《抑郁》中把人脑作为计算单元的外星文明。我的总体感觉是，通过构造异类生物来产生惊奇感是一种很方便的方式，比起其他方式来，它有两个明显的优势：其一，它创造的产物通常是具有画面感的，不管是异类生物的奇特形态，还是外星文明的宏伟造物，比起抽象的科学理论来，更容易给人带来可感知的情绪反馈；其二，虽然异类生物的构造也要讲究逻辑合理，比如外星生物的形态要符合其居住星球的环境特征，但比起在科技层面的设定逻辑来说，生物设计的自由度更高，而且门槛也是相对更低的。读者通常也并不会对某个奇特生物的设定过于较真，因为即使在同样的环境中，生物的可能形态也是千变万化的。所以，对于科幻创作的初学者来说，我觉得这倒是一个不错的写作主题。

1.1.3 惊奇在科技

科幻这一文类的主题是随着科学技术的发展而不断更新变化的。在现代科学理论尚未建立的时代，在人类对地球尚未完全了解之时，科幻小说中有大量探险的内容，从陌生的大陆，到地球内部，再到月球和其他天体。随着航天科技的发展，科幻小说中的探险旅行方式也随之发生着变化，正如我们在1.1.1中所提到的那样。《弗兰肯斯坦》写作的时代，电学正处于萌芽阶段。在量子力学发展的早期，人们认识到原子的结构和恒星系统有一定的相似性，因此不少作品开始描写原子内部的世界，比如雷·库宁斯的《金原子中的女孩》。在二十世纪后半叶，当电脑出现并开始互相连接时，赛博朋克题材也随之兴起。可见，在大方向上，科幻其实始终追随着科学的脚步。然而，在具体的科学应用方向或技术装置设计上，有不少科幻作品却领先了现实科技的发展。这些设想或许并没有严谨的技术细节，很多地方也比较想当然，但不能否认这些创意的价值，其中一些还启发了之后的科学家将其转变为真实的科技产品。对于科幻作品本身而言，这些虚构出来的先进科技，也正是其给读者带来惊奇感的重要方式之一。

下面按照时间的先后顺序，举几个我觉得比较有趣的例子。它们有的已经变成现实，但大部分仍然只停留在科幻作品的想象之中。

1866年，儒勒·凡尔纳在其小说《征服者罗比尔》（*Robur the Conqueror*）中，设想了一种和钢铁一样坚硬的纸。在小说中，这种纸被用来制造飞行器：

> 多年来，造纸业已取得了长足的进步。无胶纸经糊精和淀粉浸泡，然后再经水压机压，就可以成为一

种像钢铁一样坚硬的物质。用这种材料可以做滑轮，做铁轨，做火车的车轮。这种轮子甚至比金属轮子还坚固，而且重量轻。罗比尔制造他的空中机车所需要的恰恰就是这种坚固轻巧的物质。船壳、框架、舱楼、舱房，全是以稻草为原料的纸做成的，这种纸经过高压处理就变得像金属似的，甚至变得不可燃了。对于一个要在高空飞行的机器来说，这后一点绝不应该被低估。

与之接近的一项现实的技术是2008年由瑞典皇家理工学院的拉尔斯·伯格伦（Lars Berglund）所开发的纳米纸技术。他发现，用于木材制浆的机械过程会破坏天然纤维，使其强度变弱。他开发了一种提取纤维的方法，保持了纤维的完整性。力学测试表明，这种纸的抗拉强度为214兆帕，比铸铁（130兆帕）强，几乎和结构钢（250兆帕）一样强。[1] 但它并不具有阻燃性，看上去还是不如小说里写到的"钢纸"。

玛丽·布兰德利·雷恩（Mary E. Bradley Lane）的《米佐拉预言》（*Mizora: A Prophecy*）于1881年在《辛辛那提商报》上连载。这是一本乌托邦小说，其中有很多关于技术的设想，比如用化学合成的方式生产食物，而不是通过传统的农业或畜

---

[1] Evans and Jon, "New 'super-paper' is stronger than cast iron," *New Scientist*, vol. 198, no. 2660, 2008, p. 26.

牧业来获取。小说里写道：

> 在国立大学里，它是一门普通的科学，我亲眼目睹了面包和类似肉类的化学制品的生产过程。在这片神奇的土地上，农业是一门失传的艺术。我询问过的人对农业都一无所知，它已经消失在他们野蛮的过去。……在米佐拉，最美味的食物都来自化学家实验室，便宜得像脚下的泥土。

在那之后，众多科幻作品都写过类似的技术，比如威尔斯在《解放全世界》(The World Set Free)里也写过人工制造的食品[1]，罗伯特·海因莱因的《空中农夫》(Farmer in the Sky)、弗兰克·赫伯特的《鞭打之星》(Whipping Star)、威廉·吉布森的《神经漫游者》(Neuromancer)等作品里都有类似的设定。在现实里，我们目前已经可以通过细胞培养或 3D 打印等方式制造少量的人工食品，但距离大规模普及还很遥远。

福斯特（E. M. Forster）在 1909 年出版的小说《机器休止》(The Machine Stops)中首次设想了一面与今天的平板电脑类似的手持屏幕，人们还可以用它来进行即时交流："过了整整 15 秒，她手里拿的圆盘子才开始发光。一道微弱的蓝光穿过它，

---

[1] 在这本 1914 年出版的书里，还描写了一种通过原子的链式反应造成爆炸的武器，并设想了这种原子武器爆炸后所形成的放射性废墟。

渐渐变暗成紫色，不一会儿她就可以看见住在地球另一边的儿子的图像，他也可以看见她。"

1926年，佩顿·瓦莱贝克（G. Peyton Wertenbaker）在《惊奇故事》杂志上发表了小说《来自原子的人》（*The Man from the Atom*）。在这篇小说里，他设想了一种奇妙的装置，可以使佩戴者收缩或膨胀。原文是这样描述的：

> 我确实造了一台机器，在你尝试之前是无法相信的。把这个小东西绑在大腿上，你可以一直变大，直到超过宇宙中的所有物体。或者，你也可以缩小，以便观察原子的微小构造。站在原子上面，就像你现在站在地球上一样。
>
> "正如你在高中学到的那样，一个物体永远可以一分为二，而不会穷尽。这就是物体收缩的原理。我并不太了解这东西的机理——它的诞生完全是一次意外——但我知道，这台机器不仅把身体的每一个原子、每一个分子、每一个电子分成完全相等的两部分，而且它本身也完成了同样的壮举，从而跟上了其操纵者收缩的速度。从身体中排出的物质被还原成气态，留在空气中。……当使用者想要变大时，按下上面的按钮，机器便可以从空气中提取原子，然后用与刚才相反的步骤将其转化为与身体中特定原子相同的原子，

两者合二为一,这就形成了一个有原来两倍大的粒子。"

按照现有的科学理论来说,这里给出的科学原理其实是禁不起推敲的,但这种缩小放大的场景很有趣。对装置用途的大胆设想,在科幻创作中其实是很重要的,所以有时候即使科学原理欠缺一些,我们也鼓励作者把它写出来。

大卫·凯勒(David H. Keller)在1928年发表的小说《生物学实验》(*A Biological Experiment*)中首次提出了"心理电话"的设想。这是一种直接传输和保存人的思想的工具,其载体是一个"小玻璃圆筒",使用时将它插进一个类似收音机的装置中就可以重现其中保存的思想。因此,作者设想它被广泛使用于文学创作领域,取代了传统的通过打字机写作的方式。类似的机器在考德维那·史密斯(Cordwainer Smith)的小说《不,不,不是罗戈夫!》(*No, No, Not Rogov!*)中也描写过,不过在这里它被用来开发心灵感应头盔,并最终用于间谍工作。瓦莱贝克在小说《生活室》(*The Chamber of Life*)里更进一步,设计了一个以机器为媒介的完全沉浸式的体验环境,在感官剥夺室里的人可以通过机器的投射重新体验到另一个人的所听所见所闻,以及一些微妙的感觉。与之相比,我们今天的"虚拟现实"技术是多么的简陋啊!

纳特·沙奇纳(Nat Schachner)在1931年发表的小说《月

球流放者》(*Exiles of the Moon*)中设想了一种通过管道进行载人运输的系统。乘客被密封在一个狭窄的圆柱体中,该圆柱体通过加压管被喷射到目的地。阿西莫夫在《基地》系列中设想的仅供单一车辆到达单一目的地的地下隧道,以及海因莱因在《双星》(*Double Star*)中描写的供人在垂直方向进行快速跳跃的气动管系统,都是与之类似的设定。

夏普(D. D. Sharp)的小说《火山口的俘虏》(*Captive of the Crater*)提出了一个大胆的设计———一条贯穿了月球中心的隧道,并设想了人类身处隧道之中,会在其中做周期性摆动的情形。刘慈欣在《地球大炮》中设想了类似的构造,但隧道贯穿的是地球。为了完成隧道壁的建造,他还在小说中提出了"超固体"的设想。

1951年,亚伦·诺斯(Alan E. Nourse)在小说《宇宙之间》(*The Universe Between*)里提出了一个新颖的概念:负分子运动。这是一种温度低于绝对零度的物质状态。在小说里,他这样写道:

> "好吧。事情进展得很顺利,直到我的一个手下发明了一种全新的制冷泵,它的性能远远超过任何人的想象。我们得到了想要的测试材料———一块钨,它放置在冷藏库的绝缘三脚架上,比我们所期望的更接近绝对零度。也许我们突破了绝对零点,然后掉到了

它下面……我不确定。"

医生眨了眨眼睛:"我不明白。在绝对零度以下,温度还能降到哪里去?"

"问得好,"麦克沃伊说,"我也不知道。在绝对零度以下,我们推测应该出现了某种负分子运动。或许如此。当然,物质随之发生了变化:测试的钨块完全蒸发消失了,三脚架不见了,温度记录装置也不见了。冷库里只剩下一个发光的小洞,静置在房间的中央——钨块曾经就在那里。洞里什么都没有,什么都看不到,只有一个大约6英寸[①]宽的淡蓝色发光区域。有人说,它看上去像一个超立方体。"

在传统的科学理论里,是没有这种负温度概念的。但最新的一些研究显示,科学家在冷原子等体系中,似乎可以制造出某种负温度的特殊状态。[②] 这告诉我们,在科幻小说里不用完全拘泥于现有的科学体系,因为科学本身也是在不断发展和演变之中的。

菲利普·迪克(Philip K. Dick)在小说《推销》(*Sales Pitch*)中设计了一种奇特的裙子,它是由一种塑料纱布制成,这种布料的不透明度会随着距离而变化。因此,当有人靠近时,

---

① 1英寸=2.54厘米
② Braun S, Ronzheimer J P, Schreiber M, et al, "Negative Absolute Temperature for Motional Degrees of Freedom," *Science*, vol. 339, no. 6115, 2013, p. 52.

裙子看起来是半透明的，但如果你离它越远，它就会变得越透明。巴拉德（J G Ballard）的《对风说再见》（*Say Goodbye to the Wind*）里设想了一种更有趣的布料，它具有类似生物般的神经反应，可以在不同的刺激下迅速改变它的颜色、质地和形态。当穿着者的恋人接近时，它的样式会变得更为露肩，而在与银行经理等人的会面中则会变得更为正式。同时，它还会自我修补和自我清洁，看上去简直是完美的衣物——唯一的问题是它偶尔会出现恐慌的情绪，这时候原本的连衣裙可能会迅速缩小为一顶帽子。

摩擦是在接触面上阻碍物体相对运动的一种效应，虽然有时必不可少，但很多时候我们都想把这种效应消除掉。1963年，克利福德·西马克（Clifford Simak）在小说《中途站》（*Way Station*）里设想了一种透明的无摩擦涂层。小说里描写了一座银河中转站，其整个表面都刷上了这种特殊涂层，因而"使它光滑，光滑得连灰尘都沾不上，也不会被恶劣天气弄脏"。拉里·尼文（Larry Niven）在《上帝眼中的微尘》（*The Mote in God's Eye*）一书中，则描绘了一个无摩擦的马桶，它的好处是不需要冲水，因为没有什么东西能黏附在它的内侧，因而非常适合装备在一些水资源稀缺的星球上。

1983年，约翰·瓦利（John Varley）在小说《千年》（*Millennium*）中提出了时间加压器（Timepress）的概念。在这种装置所发射的蓝光笼罩下，一个有限范围内的时间流速会显著加快,人们用它来使人造器官快速生长。何夕在《异域》里设计了类似的装置,但覆盖范围更大,它被用来加快农作物的生长,从而为人类提供近乎无穷无尽的粮食。

威廉·吉布森在1994年出版的小说《虚拟之光》(*Virtual Light*)中设想了一种特别的冷兵器。看上去它是一把折叠小刀,"长度不到三英寸,像汤匙一样宽,具有锯齿状的陶瓷刀片",但它其实内有玄机。它的刀片边缘具有分形的图样,因此它的实际刃长是刀片本身的两倍多。这种分形刀的设计颇为新奇。

2002年,何夕在《六道众生》里设想了一种名为"众生门"的装置,它可以在不同普朗克常量组成的世界之间进行物质输送。通过向不同世界殖民,人类得以缓解因人口膨胀而带来的资源危机。通过改变组成世界的基本常量来构建平行世界,是一个极富创意的想法,与一般科幻作品中通过量子测量或时间旅行而产生的平行宇宙完全不同。

刘慈欣在2004年发表的小说《圆圆的肥皂泡》里,设想了一种名为"飞液"的超级表面活性剂,其"溶液黏性和延展性比现有的任何液体都大几个数量级,蒸发速度仅是甘油的千分之一",而且它还有"一个魔鬼般的特性——它的表面张力能够随着液层的厚度和液面的曲率自动调节,调节范围从水的张力的百分之一到一万多倍"。用这种溶液可以吹出笼罩整个城市的巨大泡泡,后来被用于大规模的空中调水工程。刘慈欣的很多作品都围绕着新奇的科技来构造惊奇点，这也是其作品最具有吸引力的因素之一。

至此，我们大致介绍了三种在科幻小说中常见的营造惊奇感的方式，即通过描写未知的远方、奇特的异类和虚构的科技来吸引和感染读者。当然，惊奇感的来源还有很多，我们可以在阅读的过程中细心发现和总结，并将其用于自己的创作过程之中。

1.2　科幻创作的课程建设

从二十世纪五十年代开始，科幻类课程就开始进入美国的高校。1953 年，山姆·莫斯科维茨（Sam Moskowitz）在纽约城市学院开设了一门科幻课程，这大概是最早出现在高校中的科幻课程。[①] 莫斯科维茨虽然写过一些科幻作品，但主要身份是一位科幻编辑与科幻史的研究者。早在 1950 年，他就曾应邀到纽约大学的一个文学课程中讲授科幻小说的发展历史。几年后，一位叫弗雷泽的科学家朋友告诉他，纽约城市学院正在寻找一个有很强科幻背景的人来讲授科幻方面的课程。因为莫斯科维茨没有大学学位，最终以他和弗雷泽联合申请的方式，在学校通过了开课申请。课程持续时间为 12 周，每周二讲授一次，每次一小时四十分钟，不计入学分。从内容上看，它主要是讲授

[①] Sam Moskowitz, "The First College-Level Course in Science Fiction," *Science Fiction Studies*, vol. 23, no. 3, 1996, pp. 411–422.

科幻小说写作方面的技巧,学生需要提交一篇科幻小说作为课程作业。由于莫斯科维茨与众多科幻作家的亲密关系,课程中邀请到了阿西莫夫、罗伯特·谢克里、海因莱因等众多顶尖科幻作家来做讲座。在开课的第一学期,其课程安排如下:

表 1-1　莫斯科维茨科幻课程的教学大纲

周数	讲授人(身份)	内容
1	山姆·莫斯科维茨(编辑、研究者)	科幻小说的历史
2	托斯·S. 加德纳(科学家)	将科学融入科幻
3	艾萨克·阿西莫夫(作家)	长篇小说的结构
4	罗伯特·谢克里(作家)	短篇小说的写作
5	山姆·默文(编辑)	如何与编辑打交道
6	默里·莱恩斯特(作家)	故事情节的设计
7	雷斯特·德尔·雷(作家)	人物的塑造
8	西奥多·斯特金(作家)	风格、情绪与润色
9	弗莱彻·普拉特(作家)	合作创作
10	托马斯·卡尔弗特·麦克拉里(作家)	世界灾难的写作
11	塞缪尔·米尔斯(编辑)	科幻小说的市场
12	哈里·贝茨(编辑,作家)	小说的编辑与修改

该课程大致持续到了 1957 年。在其后,科幻类课程开始在美国的高校中涌现。芝加哥大学、普林斯顿大学、贝洛伊特学院都紧接着开设了科幻课程。第一个在教育界产生了较大影响力的科幻课程出现于 1962 年,它是马克·R. 希尔莱加斯在科

尔盖特大学开设的。① 1971 年，杰克·威廉姆森（Jack Williamson）在《科幻小说走进大学》(*Science Fiction Comes to College*)一书中列出了 61 所提供科幻类课程的大学，并认为这只是其中一部分。现在，在美国的高校里，每年至少会开设几百门与科幻相关的正式课程。

而在中国，最早以中文讲授的科幻课程要等到 1991 年才出现。那一年，还在北京师范大学管理学院工作的科幻作家、科幻研究者吴岩开设了一门名为"科幻阅读与研究"的公共选修课，也因此让北师大在很长一段时间内成为众多科幻迷的圣地。然而在之后的十几年内，科幻类课程仍然发展得很缓慢，课程数量始终维持在个位数。直到 2010 年之后，相关课程的数量才逐渐增长。北华大学外语学院的郭伟和科幻研究者张锋曾对全国高校开设的科幻类课程进行过一次统计。② 在他们汇总的数据基础上，我进行了少量的补充，最终得到了中国的高校在近年来所开设过或正在开设的科幻类课程共 36 门，如表 1-2 所示。③ 然而，这与美国相比，仍然有一个数量级的差距。根据 1996 年《科幻研究》杂志所列数据，当年在北美各高校共开设有 405

---

① Parrinder Patrick, *Science fiction: its criticism and teaching*, New York: Routledge, 2003, p. 131.

② Wei Guo, "Science Fiction Education in China: Then and Now," *SFRA Review*, vol. 51, no. 2, 2021, pp. 108–112.

③ 这里指的是以科幻小说、科幻电影等科幻作品为主要研究、学习对象的课程，一些笼统的文学鉴赏或电影鉴赏课程，可能有部分内容涉及科幻题材，但在此并未计入。需要指出的是，由于数据收集方式的局限，我们的统计数据（缺乏港澳台数据）必然有所遗漏，但对课程数量的量级及其分类特征不会有太大影响。

门科幻相关的课程（包括奇幻与乌托邦）。[①]

表1-2 中国高校近年来开设的科幻类课程一览

教师	学校院系	课程名称
李广益	重庆大学人文社会科学高等研究院	科幻小说与电影
肖汉	北京师范大学文学院	科幻电影欣赏
郭伟	北华大学外语学院	科幻文学欣赏
郭伟	北华大学外语学院	科幻文学
付昌义	南京工业大学机械学院	科幻文学欣赏（科学哲学）
张峰	南方科技大学人文中心	科幻文学欣赏
刘洋	南方科技大学人文中心	科幻创作
刘洋	南方科技大学人文中心	科幻作品中的世界建构
吴岩	南方科技大学人文中心	科幻电影鉴赏与批评
苏湛	中国科学院大学人文学院	科幻小说与科学
苏湛	中国科学院大学人文学院	科幻、科普创作理论与实践
郭琦	华侨大学外国语学院	科幻小说赏析与创意写作
丁卓	长春大学文学院	从神话到科幻——科幻文学鉴赏
詹玲	杭州师范大学人文学院	当代科幻小说研究
飞氘	清华大学人文学院	科幻文学创作
方小莉	四川大学外国语学院	幻想、文学与电影
穆蕴秋	上海交通大学	科幻作品与当代科学争议
宋红梅	山东师范大学	科幻文学

[①] Evans, Arthur B, "North American College Courses in Science Fiction, Utopian Literature, and Fantasy," *Science Fiction Studies*, vol. 23, no. 3, 1996, pp. 437-528.

续表

教师	学校院系	课程名称
王瑶	西安交通大学	文学经典与热点透视
刘雯	哈尔滨工程大学	科幻小说中的伦理话题
王一平	四川大学	西方科幻文学赏析
姜振宇	四川大学	科幻创作与文学写作
郭伟	北华大学外国语学院	科幻影视欣赏
刘媛	南京信息工程大学文学院	科幻文学欣赏
刘媛	南京信息工程大学文学院	科普科幻阅读与写作
姜振宇、胡易容、李怡	四川大学	中国科幻研究
戴从容	复旦大学中国语言文学系	外国科幻文学史
张威	中国人民大学物理学系	星际旅行101——科幻中的科学
殷俊	深圳大学城市治理研究院	科幻小说中的政治经济学
许乐	同济大学	科幻电影欣赏
李庆康	北京师范大学天文系	天文科幻电影赏析
张晖	上海外国语大学	俄罗斯与东欧科幻文学
穆蕴秋	上海交通大学科学史与科学文化研究院	科幻作品与科学外史
李思涯	中山大学	科幻电影与后现代
李绍军	西北农林科技大学	科学幻想与人类未来
杨瑾	中国青年政治学院	中西科幻文学研究

从教学内容上看，在中美高校中开设的科幻课程可以大致分为以下几类：（1）科幻文学鉴赏与批评。在这类课上，主要

向学生介绍科幻小说的发展历程、常见的主题和作家，或者就某一主题、作家、国家或特定时期的作品进行研读。（2）科幻影视欣赏，即对科幻、奇幻等幻想类的影视作品进行的分析研究。（3）以科幻作品为媒介的课程。这类课程借助对科幻作品的研读，让学生可以更自然地了解和讨论一些其他领域的知识，例如通过科幻作品学习物理学、天文学、科学史、哲学，讨论流行文化和民俗，培养学生的批判性思维能力，或者借助乌托邦和反乌托邦作品讨论政府的公共政策等。（4）科幻创作课程，包括小说、剧本、世界建构、超文本、虚拟空间和其他科幻类作品的创作。（5）女性科幻作家作品研究或科幻作品中的女性主义。目前这类课程在美国已经较为普遍，但在中国仍然空缺。

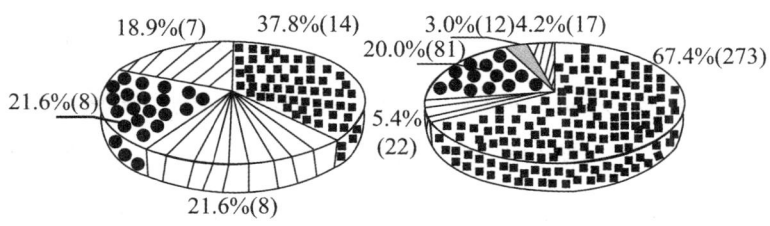

■文学鉴赏　▦影视鉴赏　●作为媒介　▨科幻创作　■女性主义

图 1-1　中美科幻课程比较（左：中国；右：美国），括号中为此类课程的数量

根据这个分类标准，我们对上述数据来源里的中美科幻课程进行了一个统计，结果如图 1-1 所示。我们注意到，除了数量上的显著差异，两国的课程结构也有相当程度的差别。在美国，对科幻文学的鉴赏类课程占据了所有课程的三分之二，处于绝对的统治地位；而在中国，此类课程仅约三分之一，在与其他种类课程的比较中，数量优势并不明显。此外，在中国有很大比例的影视鉴赏类课程，这类课程在美国反而较少，其占比仅为中国的四分之一。

再看创作类课程。这一类课程不管在中国还是美国，占比都是最低的。从绝对数量上看，美国有12门科幻创作课程，略多于中国的7门，但从占比的视角来看，中国反而是美国的6倍。

这些差异实际上反映了在高校任教的教师身份结构的差异。在美国的高校，科幻课程的开设者大部分都是对科幻小说感兴趣的文学研究者，而不是科幻作家或科幻领域的从业人员。这一点在其科幻课程出现的早期就已经很明显地体现出来。[1] 而随着《外延》（*Extrapolation*）、《基石》（*Foundation*）、《科幻研究》（*Science Fiction Studies*）等专注于科幻与奇幻文学研究的学术期刊的创立，阿尔文·托夫勒（Alvin Toffler）的《未来的冲击》（*Future Shock*）、罗伯特·斯科尔斯（Robert Scholes）的《结构虚构：未来的小说》（*Structural Fabulation: An Essay on the Fiction of the Future*）、达科·苏恩文（Darko Suvin）的《科幻小说变形记》（*Metamorphoses of Science Fiction*）等众多杰出的科幻研究理论著作的出版，课程开设者逐渐克服了传统的文

---

[1] Andy Sawyer and Peter Wright, *Teaching science fiction*, New York: Palgrave Macmillan, 2011, p.4.

学界的偏见，将对科幻小说的学术研究带到了文学理论界的主流视野之中，这也推动了科幻类课程在高校中的普及。

而在中国，科幻小说从来都不是文学研究的主流。很长时间以来，它甚至基本处于被理论界完全忽视的地位。与之相比，武侠小说研究和《红楼梦》研究反而更为热门。这一点也反映在了课程数量上——在中国高校中的《红楼梦》鉴赏课程的数量就远超过科幻类课程。直到近年来，随着中国科幻小说在世界范围内引起广泛关注，科幻题材才越来越多地受到中国的文学研究界的关注。与此同时，一些从科幻迷成长起来的青年学者进入高校，也带动了高校科幻课程数量的增长。在这些青年学者中，不乏具有科幻小说创作经历的科幻作家，例如清华大学的贾立元（飞氘）、西安交通大学的王瑶（夏笳）等。因此，虽然绝对数量并不多，但创作类课程在所有科幻课程中的占比却比美国高很多。在2020年，中国第一本专注于科幻文学研究的学术期刊《中国科幻评论》创刊，吴岩获得了美国科幻研究协会颁发的克拉里森奖，诸多国内外的科幻文学研究者也持续在文学评论界为中国科幻发声——如复旦大学的严锋、哈佛大学的王德威、美国卫斯理学院的宋明炜等，在提升中国科幻小说在学术视野中的可见度的同时，也有望带动更多科幻类课程在高校中设立。

需要指出的是，虽然在科幻创作类课程的比例上，中国要远高于美国，但我们必须清醒地认识到，在创作类课程的建设上，我们仍然处于起步阶段。在美国，不管是高校的科幻创作课程，还是面向社会的写作训练营，都已经有很成熟的模式，也出现了大量的写作指导书籍。而在中国，至今仍然没有一部专门的适应高校教学需求的科幻创作教材。虽然在创意写作学科兴起所带动的浪潮下，国内近年来引入了一系列国外的科幻与奇幻创作书籍，如奥森·斯科特·卡德的《如何创作科幻小说与奇幻小说》、劳丽·拉姆森主编的《开始写吧！——科幻、奇幻、惊悚小说创作》、杰夫·范德米尔的《奇迹之书》等，但这些书籍的内容体系与国内的科幻创作课程契合度并不高，其中所举的例子也都是国外的科幻作品，很多都是国内的读者并不熟悉的。因此，结合在中国的实际教学情况，编写一套符合中国学生的知识结构与阅读积累的科幻创作教材，是一件很有意义的事情，也是当前中国科幻创作课程建设急需解决的问题。本书正是以此为目标的一种尝试。

第2章 创意的激发

这一章主要讨论的是在写作萌芽阶段所进行的创意激发工作。它可以是自然形成的，也可以通过人为的手段触发。我们主要围绕教学的需要，介绍了很多在科幻创作的课堂上可以使用的方案。除了激发写作创意之外，它们在调动学生的课堂积极性和活跃课堂氛围方面也有着很好的效果。

自行阅读本书的写作者们，也可以参考这些方式，与别人协作或独自完成这些创意激发练习。相信很快就会有奇妙的火花从你的脑袋里迸发出来！

2.1 写作的冲动

很多时候，写作的念头会在瞬间萌发，并像爆炸一样迅速席卷全身，让人战栗、激动不已。这种冲动产生的契机多种多样，有可能是在你阅读的过程中突然产生了灵感，或者被某个新闻事件所触动，抑或是想要吐槽某件生活琐事，甚至是因在半夜惊醒的那个离奇瑰丽的梦境——是的，不少作家都曾经试图捕捉和复现自己的梦境。诗人金·道尔（Kim Dower）曾认真地建议写作者将笔和本子放在床边，以便在从睡梦中醒来时立刻记录下梦境的碎片[①]。但或许这种方法更适用于诗歌的创作，因为就我的尝试结果而言，睡梦惊醒后记录的大部分只是平庸的场景和故事，即使它们在你睡梦中呈现出令人激动的色彩，

---

① 劳丽·拉姆森：《开始写吧！科幻、奇幻、惊悚小说创作》，北京：中国人民大学出版社，2016年，第42-44页。

像艳丽的花朵般令人激动不已,一旦清醒过来,往往就迅速褪色为枯黄的落叶。

就科幻小说的创作来说,还有另外一种常见的情况,那就是突然想到了一个奇妙的点子,例如某种新奇而巧妙的技术、某种华丽而宏伟的奇观,或者某种精妙绝伦的世界构造。这些奇妙的点子既是写作冲动产生的来源,同时也是驱使作家写作的动力。特别是对于一些以硬核科幻小说为主的作家来说,如果没有一个让自己心动的点子,是提不起精神来完成一部作品的。刘慈欣在一篇文章中曾说道:"科幻小说的成功,在很大程度上取决于其幻想的奇丽与震撼的程度,这可能也是科幻小说的读者们主要寻找的东西。"[1] 因此,其对作品核心的新奇度具有很高的标准,甚至有写到一半发现这个点子别人写过了而放弃再写的情况。但新奇的核心设计并不会凭空产生,大部分时候仍然建立在作者的大量思考之上,只不过在某种契机之下,思考中的多条平行线突然纠缠到一起,形成一个构造精致的结。

从写作冲动的产生到真正完成一篇作品,之间还有一个相当漫长的过程。很多时候当你打开电脑,准备敲下第一行字时,面对空白一片的屏幕,之前汹涌澎湃的冲动便会迅速地消散。有时候你会害怕拙劣的文字破坏了脑海中那美妙的灵感,这让你反复斟酌,不知道如何下笔。我的建议是不用太过顾虑,不

---

[1] 刘慈欣:《重返伊甸园——科幻创作十年回顾》,《南方文坛》2010年第6期,第31-33页。

管怎么样,先把想到的东西化为文字,写出来再说。即使只有短短几行字,也比一个空白文档要好得多,因为后者往往会随着时间的流逝而被你遗忘。不管多么惊艳的灵感,如果不及时化为文字,对其产生的写作冲动总会慢慢消退。而一个未完成的文档,则会时刻提醒着你,让你反复思考,促进作品不断完善。

有时候,保持一些固定的写作习惯可以帮助作者更顺利地进入状态。不同的作者,其写作习惯千差万别。有的人习惯在安静的状态下写作,有的人则相反,需要一些背景音,甚至习惯于在闹市中写作。科幻作家阿缺曾告诉我,他习惯于在相亲节目《非诚勿扰》的背景声音中写作,效率颇高。有一段时间这个节目停播,导致他什么也写不出来,产量大大下降。从我的经验来看,写作的地点和装备有时候也会影响写作的状态。有一段时间一直在办公室的台式电脑上写一篇小说,有一天突然在家里的笔记本电脑上,想接续着写一些,可一看屏幕就觉得很别扭,敲击键盘时的触感也不对,终究还是没能写下去。

写作冲动产生的时候往往还给人一种幻觉,在想象中自己似乎已经完成或接近完成这部作品,因而涌出一种虚幻的满足感。沉溺于这种满足感是很危险的,它会逐渐消磨我们的意志,让我们迟迟无法进入真正的写作进程之中——比起此刻的激情,那通常是枯燥而艰辛的。我们必须及时从这样的幻觉中清醒过来,提醒自己,现在距离作品完成还早着呢!

2.2 如何激发创意

完全依赖灵感和冲动以开启写作进程是很不可靠的，特别是对于那些有志于科幻创作事业的人来说，他们更需要一些有效的窍门来帮助自己，以便随时可以开始写作。一些作家选择阅读自己感兴趣的作品来激发创意，对于我来说，通常会阅读一些推理小说。这一招的确很有效，事实上在阅读的过程中你很容易就会产生各式各样的灵感。在这种有目的的阅读过程中，我们要注意思考一些问题，比如：这个故事的核心创意是什么？这个故事的结构是怎样的？我可以从中借鉴些什么？

对于科幻小说的创作者来说，一些技巧性的逻辑思考可以帮助他们产生灵感，激发创意。它们本质上来源于众多科幻小说里所隐藏的故事模式，从这些模式反推回来，便成了我们创作初期构思作品时的一种思维训练。通过这些思维模式，我们可以相对容易地进入一种较为成熟的创意生成的路径，而不至于在初期构思时一片茫然。下面我们具体介绍几种常用的辅助性思考的方式。

2.2.1 惊奇溯源

科幻小说这一文类最吸引人的地方在哪里？我认为是基于某种科技设定下的惊奇感。一篇科幻小说，如果在惊奇感的营造上能够成功，那它基本上已经成功了一大半。那么何谓惊奇感呢？其实它就是一种出乎读者意料的，甚至是颠覆了其日常生活经验的震撼而陌生化的认知体验。我们不妨以刘慈欣的《微观尽头》为例，直观感受一下它给读者带来的惊奇感：

　　这时，蜂鸣器刺耳地响了，这是发生夸克撞击事件的信号，人们都转向大屏幕，物理学的最后审判日到了，人类争论了三千年的问题马上就会有答案。超级计算机的分析数据如洪水般在屏幕上涌出，两位理论物理学家马上发现事情不对，他们困惑地摇摇头。

　　结果并没有显示夸克被撞碎，但也没有显示它保持完整，试验数据完全不可理解。

　　突然，有人惊叫了一声，那是夏迪提，这里只有他对大屏幕上撞击夸克的数据不感兴趣，仍站在窗边。"天啊，外面怎么了？你们快过来看啊！"

　　"夏迪提大爷，请别打扰我们！"总工程师不耐烦地说，但夏迪提的另一句话使所有人都转过身来。

　　"天……天怎么了！！"

　　一片白光透进窗来，大厅中的人们向外看去，他们不相信自己的眼睛：整个夜空变成了乳白色！人们冲出了大厅，外面，在广阔的戈壁之上，乳白色的苍穹发着柔和的白光，像一片牛奶海洋，地球仿佛处于一个巨大的白色蛋壳的中心！当人们的双眼适应了这些时，他们发现乳白色的天空中有一群群的小黑点，仔细观察了那些黑点的位置后,他们真要发疯了。

"真主啊,那些黑点……是星星!!"夏迪提喊出了每个人都看到但又不敢相信的结论。

他们在看着宇宙的负片。

这段文字把故事的尺度从一个高能物理实验室瞬间扩充到整个宇宙,用极具冲击性的场景,完全打破了读者的心理预期。科幻小说中的惊奇感往往就来源于这样富于神秘性与颠覆性的场景。

对应到写作上,这给我们一个开启创意的思路:我们可以先在脑海中构思出一个极具冲击性、神秘性和惊奇感的场面,然后再试图为这种场景寻找一个自洽的解释,为其构造出恰当的前因后果。比如它的产生需要什么样的时空背景,牵涉哪些人物或种族,其形成的直接原因是什么,有什么后续影响,等等。这是一种很有效的思维游戏,既可以由写作者自己独立进行,也可以通过各种形式在课堂上实施,作为写作教学的一项课堂活动。

我曾经构想过一个这样的场景,在课堂上让学生为其寻找合理的解释。这个场景简述如下:

中国的第一艘载人登月飞船缓缓降落在月尘中。当船员们踏上月球表面的那一刻,他们难以相信自己的眼睛:在几百米之外,停着一辆东风牌的手扶式拖拉机，上面还装着满满的一车红砖。

这个场景的冲突性和惊奇感主要来源于两个方面：其一，第一次登月的中国宇航员何以会在月球表面看到如此生活化的农用机械；其二，在登月这种重大的航天活动中乱入的东风牌拖拉机，让场面变得荒诞而诡异。当然，我们并不是要写一篇光怪陆离的寓言式的荒诞小说，而是要写一篇合乎情理和逻辑的科幻小说。事实上，我在设计这个场景的时候，也试着思考了若干可能的解释。总体而言，虽然场景较为荒诞，但通往它的合理路径还是存在的。

在课堂上，经过几分钟的思考后，学生们给出了众多解释。让我惊讶的是，他们提出的解释往往出乎设计者的预料，反而显得我预先设想的解释过于老套了。很多设想都极富想象力，我试举几例，罗列如下。

解释1：出错的瞬间传输实验。在地球上某个实验室中正在进行物体的瞬间传输实验，不小心把传输坐标弄错了，于是把一辆拖拉机传输到了月球。

解释2：不是月球，而是地球。飞船在登月过程中因为某个意外（例如遇到时空裂缝）没有到达月球，反而重新回到了地球。宇航员们以为登上了月球，其实踏上的是地球上某个酷似月球地貌的戈壁滩。

解释3：植入广告。登月过程中，视频直播方会接入宇航员头盔上的显示屏，让观众可以从第一人称视角体验登月全程。直播开始时，有一段拖拉机广告，因为误操作，让其直接显示在了宇航员头盔的屏幕上。宇航员从头盔里看到的实际上只是一段插入的广告。

解释4：时间旅行的空间惯性。与解释1类似，但进行的不是空间传输实验，而是时间旅行实验。因为只设定了时间轴上的到达坐标，而忽略了地球本身随着时间在宇宙空间中的运动，导致拖拉机从时间旅行中脱离时，地球原来所在的空间点被月球占据，所以拖拉机误打误撞到了月球。

解释5：内存溢出。整个宇宙只是某个计算机为人类生存而虚拟出的世界。因为探月活动造成渲染中内存溢出，导致某些数据出错，所以出现了一辆在月球上的拖拉机。

解释6：拟态。那并不是一辆拖拉机，而是某种外星植物根据人类脑电波中的物体所模拟出的形态，意图诱使人类靠近。

诸如此类的解释还有很多，一些还涉及平行宇宙、或然历史和各种阴谋论，这里不再一一列出。在教学实践中，我发现，不管设想出何种惊奇的场景，学生们总有办法找出各种解释，将其合理化。这就是一个创意的激发过程。

同时，这也并不仅仅是一个单纯的思维游戏，事实上，这个寻找解释的过程本身就已经成为科幻小说构思的重要一环。反观上面的各种解释，如果我们以那个荒诞的场景作为开头，之后再逐步揭示其背后的成因，这其实就是一类科幻小说的常见写法。先设计出一个富有惊奇感的场景，再设想其可能的原因，这就是科幻小说的一种构思的路径。

这种课堂活动还可以以另一种方式进行组织，就是让学生自行构造一个具有惊奇感的场景，然后彼此为对方的场景构思一个合理的解释。

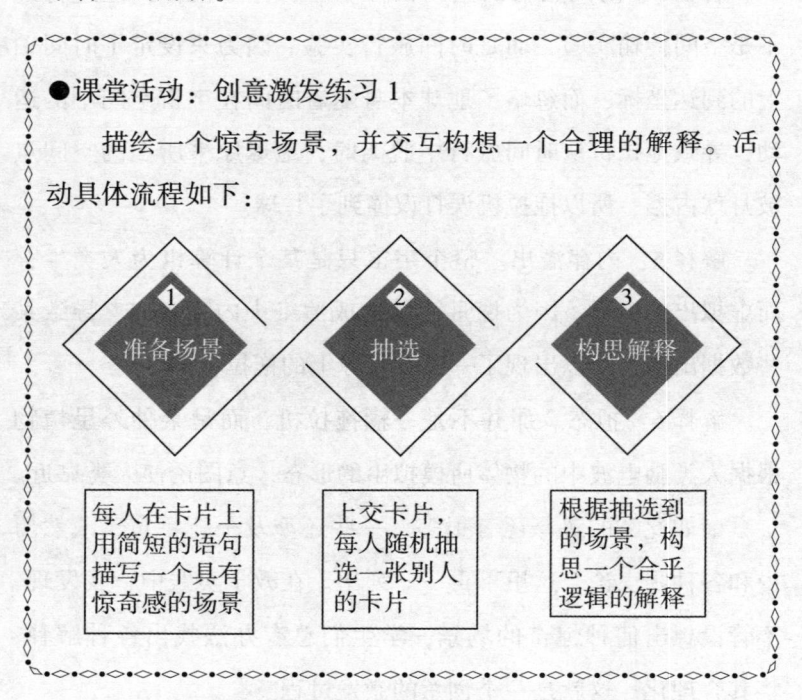

● 课堂活动：创意激发练习1

描绘一个惊奇场景，并交互构想一个合理的解释。活动具体流程如下：

1 准备场景	2 抽选	3 构思解释
每人在卡片上用简短的语句描写一个具有惊奇感的场景	上交卡片，每人随机抽选一张别人的卡片	根据抽选到的场景，构思一个合乎逻辑的解释

这种设计不如教师提出惊奇场景的方式可控，因为一些时候学生构思的场景比较无趣，比较平庸，这会减弱之后对其构造解释的热情。但另一方面，它也可以更为全面地模拟创意构思的全过程，因为在实际的创作过程中，惊奇场景的提出和解

释都是由创作者完成的，因此学生可以从这样的活动中较为真切地体验到在创作过程中创意涌生的感觉。在很多时候，学生构思的场景和解释都令我感到惊喜。例如，一位同学曾写出这样的一种场景：在某个清晨，这个城市里所有共享单车的车座都同时神秘地消失了。说实话，这个场景的科幻感不是特别强，就算把它延伸为一篇现实主义作品也不无可能，但一位叫王真桢的同学却就此提出了一个非常奇妙的解释。他从共享单车的"共享"二字出发，提出一种可能性：这个城市的所有共享单车其实就是同一辆车，只不过它飞快地在不同的地点连续闪现，造成有许多辆车存在的错觉。以此为基础，他写出了一篇很有趣的微小说，并且很快就发表了。

2.2.2 技术失控

加拿大著名科幻作家罗伯特·索耶曾说过这样一句话："科学家会预言汽车的诞生，但科幻作家会预言大城市里的堵车；科学家会预言飞机的发明，但科幻作家会预言劫机案和航班常旅客奖励的出现。"这句话对科学家和科幻作家的想象力进行了比较，表明了两者思维方向的区别：前者通常考虑的是在理论和技术层面上可能有所突破的方向，而后者更注重此类技术突破对个人和社会的影响，特别是坏的影响。在科幻小说里，我们能够看到大量的技术反思类的作品，这可以说是从《弗兰肯斯坦》一路沿袭下来的传统。正如江晓原所说，科幻是"一种对科学技术进行深刻反思的文学载体，而且这种反思几乎是任何其他文学类型无力承担的"。①

不要误以为此类作品多属于软科幻，事实上它在以技术设定为重心的硬科幻作品中同样占据重要地位。卡德曾经对美国科幻黄金时代的大量硬科幻作品进行总结，提出了三个常见的剧情套路，其中之一是："新的机器设备在测试时出了问题，很多人（甚至整个地球或宇宙）都处于危险之中。最后，在英勇的努力之后，大家都活了下来或都死了。"② 由此可见，对新技术伴生的风险和问题，正是科幻作品描绘的常见主题。

基于科幻小说的这种特质，我们可以以此为出发点，构想一种新的技术，然后推演其可能带来的问题。这也是一种触发创意的好办法。在推演的过程中，既可以从纯技术的层面讨论其可能带来的问题，也可以延伸到社会层面。例如，在何夕的《异域》里，他设想了一种局域时间加速装置，将其应用于一个农场，用聚焦的太阳光束作为其能源，这样就可以让它在很短的时间内生产大量粮食。听上去很美好，但有没有可能带来什么问题呢？大家不妨先自己想一想。在原文里是这样写的：

> 刚开始时西麦农场的时间只是比正常时间快一倍左右，但是人类很快就不满足了，他们不断提出要过

---

① 江晓原：《让科幻承担起更重大的使命吧》，2014年2月19日《中华读书报》，第9版。

② 奥森·斯科特·卡德：《如何创作科幻小说与奇幻小说》，天津：百花文艺出版社，2015年，第86页。

更高水平的生活的要求，于是西麦加快了农场的时间。但是人类的欲求越来越高，以至于后来成了以需定产，人们只管对西麦农场下达产出计划，由农场的计算机自行安排时间速度，最终使得一切失去了控制。你们也看到那些机械了，它们都是农场的计算机根据需要自行设计的，单凭机械的升级换代速度你就能想象出农场里的生物进化得有多快。……所有的生物都在以成千上万倍于人类的速度生长繁殖遗传变异。

从技术中尝到甜头，心态失衡，技术趋于激进，最后酿成恶果。这是该小说的基本推演路径。这篇小说就是典型的技术失控范式的科幻作品，在故事中，农场里进化出的怪兽成为人类的致命威胁。在自动化控制、智能机器等主题的科幻作品中，失控的情节更是极为常见，可以说是此类作品的基本故事架构方式。比如杰克·威廉森的《束手无策》，描写了一个所有工作都由机器人接手的"美好"世界中，人类的痛苦处境。

我们在推想的过程中，可以根据实际需要决定推演路径的长度。一些小说中对技术伴生效应的推想链条相当长，甚至可以抵达宇宙或文明的终点，例如刘慈欣的《镜子》。在这篇小说里，作者设想了一种基于超弦计算机的"镜像模拟软件"，通过奇点模型，它可以在原子级别上模拟整个宇宙的演化。这是一种可以回溯世界上所有发生过的事情的机器，刘宇昆在

《纪录片：终结历史之人》中也假想了一个类似的机器，但基于不同的机理。对软件应用后产生的后续效应，小说里给出了一个耐人寻味的推演链条。链条的第一环，是司法部门利用该软件来追踪犯人、破获疑案，"毁灭所有罪恶"；第二环，镜像模拟软件流传到公众之中，从此"每个人的一举一动都能在镜像中精确地查到"，镜像时代来临；第三环，镜像使全人类都成了圣人，"人性已经像一汪清水般纯洁，没有什么可描写和表现的，文学首先消失了"，接着，整个人类艺术都停滞和消失了；第四环，"科学和技术也陷入了彻底的停滞"，人类社会陷入了持续三万年的"光明的中世纪"；第五环，"地球资源耗尽，土地全部沙漠化，人类仍没有进行太空移民的技术能力，也没有能力开发新的资源"；第六环，在三万五千年后，人类文明消亡。这是一个较为复杂的链条，当然，并不是所有环节在小说中都进行了细致描写，很多其实是一笔带过。但是，在小说构思的过程中，这些环节的逻辑链条显然都在作者的心里进行了严密的推演。这正是我们在创作初期需要完成的工作。

在课程中，我常常会让学生进行这样的课堂练习：设计一种新的技术和机器，让学生思考它可能会带来的问题。学生也可以提出自己的新技术，并为它设计出合理的问题链条。

●课堂活动：创意激发练习2

假设超时空传送装置发明成功，可以在瞬间或极短时间内将物质或人进行超远距离的传输，并成功实现了商用。试设想，它会对人类社会带来哪些影响，造成哪些问题？

以下几个方面都是可以深入思考的方向，供参考：

1. 该装置的技术原理是什么？从技术角度来看，有哪些可能的缺陷？

2. 在机器的推广过程中会遇到什么问题？比如，会受到既有利益集团的压制吗？会受到保守人士的抵制吗？

3. 在大规模商用进入普通人的生活后，它会对人们的生活习惯、思维方式带来什么影响？

4. 它会对社会经济造成什么影响？更进一步考虑，会对人类的社会结构造成什么影响？

5. 它会带来哪些新型的犯罪行为？人们如何制约这些新型犯罪？

6. 该装置广泛使用后，是否有可能会对人类文明或者整个宇宙造成什么影响？

通过这种训练，我们可以促使自己更为全面地思考技术带来的各种影响，从而激发出科幻创作的灵感。在教学过程中，教师应该积极引导和开拓学生的思维，以避免他们陷入陈旧的思路和定式之中。从我的教学实践来看，在上述活动中，学生们刚开始能想到的切入角度往往较为平庸。我把它们总结为空间传送的"老三样":(1)通过人工制造的虫洞(或量子纠缠)实现瞬间传送;(2)把物质或人粒子化,传输到目的地后重新组装;(3)仅将意识(或灵魂)进行传输,到目的地后装载进新的躯体之中。之所以叫它们"老三样",是因为上述设定已经被无数科幻作品重复使用过,在惊奇感和趣味性上已经很难再出新了。因此,当学生提出这样的技术方案时,我会劝他们放弃这些设计,重新构思新的点子。事实证明,当学生放弃他们第一时间想到的方案(这些下意识浮现出的方案,一般而言正是自己在科幻阅读和观影中所反复接触到的),进行深入思考之后,往往可以激发出更为惊艳的思维火花。

例如,有学生提出了借助平行宇宙实现传送的方案。他最初的想法是从刻度尺上来的。假如两个平行宇宙的空间坐标是错位的,就像两把并排放在一起的刻度错位的尺子,那么当一个人在两个平行宇宙间定点穿越的时候,他就相当于进行了一次在空间上的瞬间转移。很快又有人想出了一种新的机制,他设想物质在空间中运动时,过去所有的位置坐标都被记入了一个"虚空间"的记忆机制中,当我们想让物体进行瞬间传送时,只要将虚空间的记忆激活就行了。还有人更为大胆地提出宇宙就是一个大矩阵,包括每个人的位置坐标等所有宇宙的信息都体现为矩阵中的某元素的数值。这个矩阵每时每刻都在乘以一个幺正矩阵,反映出物体位置的变化。所以,只要通过某种方式影响或定制使宇宙发生幺正变换的叠乘矩阵,就可以实现瞬间传输的目的。这些点子虽然仍然有各种问题,从成熟度上当然也比不上"老三样",但它们无疑更为新颖,也更容易写出有趣的作品。

我们接下来要做的就是帮助学生修改和完善这些设计,尽量减少或回避掉其中可能存在的bug,同时让他们思考这些技术方案背后潜藏的问题和戏剧冲突。以上面所述的"平行宇宙"传输方案为例,在课堂讨论的过程中,很多人提出一个疑问:当一个人穿越到平行宇宙之后,那个平行宇宙中的自己怎么办?后来,这个方案进行了修改,从平行宇宙修改为两个独立并存的相邻宇宙,这样就不存在如何处理平行宇宙中的另一个自己这类问题了。有人进而将其具象为一个更直观的图景:两个宇宙就是紧贴在一起的两个旋转方向相反的转盘。当物体连续地在两个"转盘"间往复跳跃,借助宇宙间的相互运动,就可以实现在某个宇宙中的超远距离传输了。至此,这个方案从最初面目模糊的设想,逐步变为了一个具有宏大感和惊奇性的确切图景了。那么这个技术有可能带来什么不好的效应吗?在打开思路之后,大家很快就从地域区隔的打破、工作形态的转换、社会阶层的重塑等方面分析了它对社会的影响,着重指出在这种情况下进行空间跳跃管控的必要性,并明确了管控中可能存在的灰色地带正是营造故事冲突的关键所在。有的同学还分析了空间跳跃对宇宙整体带来的影响,认为根据角动量守恒原理，在两个旋转方向相反的盘面上跳跃，会逐渐降低两个盘面的角速度，让两个宇宙都旋转得越来越慢。长此以往，甚至可能会对两个宇宙都造成毁灭性的影响。这一图景倒是与阿西莫夫的《神们自己》有异曲同工之妙。

2.2.3 狂想假设

广义来讲，所有的科幻作品都可以看作是对一个"What-If"式的假设性问题的回答。如果地球突然停止转动，如果太阳即将发生氦闪，如果外星人突然降临，如果核战争摧毁了地表生态，如果我们生活的小镇突然被一个无法打破的穹顶所笼罩……那么，我们的生活会变成什么样子？上一节中我们对新技术可能导致的问题的推演，其实也是这种假设性问题的一种：如果某种新技术被广泛应用或失控，那又会发生什么？

从这个意义上讲，每一个"What-If"式的假设性问题都是一篇处于萌芽阶段的科幻小说。因此，在灵感枯竭的时候，我们不妨多进行一些这种基于假设性问题的思维训练，往往可以激发出新鲜而有趣的创意。

第一步，我们要提出一个假设。这个假设一定要大胆，或者说疯狂。不要被一般意义上的理智或科学教条所束缚，也不要因预想中的写作困难而畏缩。比如，当你设想"如果物体之间的摩擦力突然消失了会发生什么"，先不要质疑这个问题本身是否合理，否则你的推想很快就会在自我怀疑中被终止。出于思维惯性，你或许会认为摩擦力不可能消失，因为电磁力无所不在，而且物体间的接触面也无法做到绝对光滑。但事实上，从我的经验来看，所有设想的状况，不管其如何大胆，总可以在某种特殊的条件下被构造出来。比如，当我们考虑到超流体或一些科学家预言中的超固体这类新奇物性时，零摩擦力显然就不再是什么无法达成的情境了。在最无奈的情况下，当我们完全无法通过合理的方式来创造需要的情境时，至少还有一个备用选项，那就是万能的外星科技。不用觉得不好意思，在很多经典小说或电影里，都借用了外星科技来构造出某种不合常理的物品或状况。这类科幻小说的魅力在于其基于异常状况的推演过程，而不是对该状况产生的原理进行解释。

接下来，我们就可以心无旁骛地在这个假设的情境中进行推想了。这个过程绝不会一帆风顺，甚至可以肯定地说，每一步的推演都会相当艰难。因为假设的情境往往是偏离现实的，这会让我们无法从现实经验中获得太多助力。有时候，我们甚至会面临一项几乎不可能完成的任务。还是以摩擦力消失的假设为例，我们很难想象一个完全没有摩擦力的世界是什么样的，那是一个太过庞大的工程，而且没有太多坚实的基石作为依凭。这种情况下，采用一个限制性的视角进行叙事，可以有效地减小工作量和推演难度，因为我们只要呈现视线范围内的场景就可以了。另一个方法就是将假设的情境局限在某个可控的范围内，比如只有某些特殊物质间的摩擦力消失了，或者在一个特殊的地点没有摩擦力。杰弗里·A. 兰迪斯的经典短篇小说《镜中人》就是一个很好的例子，它描述了一个误入无摩擦力的镜面洼地中的人如何自救的故事。顺带一提，故事中的无摩擦镜面正是源于万能的外星科技。

在科研工作中流行一句话：提出问题比解决问题更重要。这句话在进行此类思维训练的时候也同样适用。提出一个既离奇，又有趣，还具有启发性的问题，是一切推演的源头和关键。在兰道尔·门罗的畅销书《那些古怪又让人忧心的问题》里，他回答了网友提出的众多有趣的假设性问题。对书里的问题进行梳理后，我们可以从这些问题中提炼出四条惯用的思维路径：（1）极端化，即将一些普通的日常情境进行极端化处理，如"将棒球以0.9倍光速掷出会产生什么后果"是将速度极端化，"把一摩尔的鼹鼠放到一起会发生什么"是将数量极端化，"从多高处掉下来的牛排才能正好烤熟"是将高度极端化；（2）迁移化，即将某种事物从其惯常的环境中迁移至某个截然不同的地方，如"在一个乏燃料水池里游泳会怎样"，"核潜艇在近地轨道太空中能坚持多久"，"如果在太阳系其他天体上驾驶普通地球飞机会怎样"；（3）普遍化，即将某种情境推广至全体人类，如"所有人都拿激光笔照向月亮会怎样"，"地球上所有人挤在一起同时跳起会发生什么"，"如果把所有地球人都隔离起来并维持几个星期，能彻底消灭感冒病毒吗"；（4）宏大化，假想一些关系到整个地球和人类的宏大剧变，如"如果地球和地面所有东西瞬间停止转动会怎样"，"如果地球半径以每秒一厘米的速度扩大，人们何时才能意识到自己体重的变化"，"朝天空射出多少支箭才能把阳光都挡住"，"把地球上的海水一点点抽干，地球会怎么样"，"再将其浇到火星上，火星会发生什么变化"。

在进行实际的思维训练时，我们可以借助这四条思维路径，帮助我们更顺利地提出有趣的问题。下面是我经常开展的一项课堂活动，供大家参考。

> ●课堂活动：创意激发练习3
>
> 在空格中填入适当的内容，完成以下假设性的情境，并以此为基础展开推演。也可以基于自主提出的大胆假设进行推演。
>
> 如果世界上所有人同时＿＿＿＿，会怎么样？
>
> 如果整个地球突然＿＿＿＿，会发生什么？

2.3　科技文献阅读

查阅科学论文、科普文章或科技新闻，不仅是科幻创作的一个必要步骤，很多时候也可以作为激发写作创意的一个手段。我的一些小说，比如《穴居者》《单孔衍射》《小林村拆迁事件》《飞往月球的列车》《蜂巢》等，都是在阅读各种文献或做某个科研项目的时候萌生了最初的点子。就像《穴居者》，它的灵感其实来源于一则科技新闻，说一组科学家实验发现，在完全封闭的洞穴中人的时间感会逐渐变慢。看了新闻以后，我突然想，如果以此为基础，把这个实验推演到极致，会发生什么呢？之后我就进行了一些推演，最终写出了这个故事。

所以在这一节，我想从自己的阅读和创作经验出发，谈谈科技文献阅读与科幻写作的关系。

2.3.1 查阅科技文献

如何查阅科技文献，这似乎不应该是一本小说写作书上出现的内容。但科幻小说与其他文类不一样，很少有科幻作家在写作过程中不查阅科技文献的。有时候，科幻作家本身就是某个方面的专家，但他不可能永远写自己所熟悉的领域。而科学家们一旦远离自己的研究领域，他的知识储备其实并不比普通人丰富多少。而对于并非从事科研工作的创作者来说，查阅科技文献就更是一项必不可少的准备工作了。有时候，查阅文献的时间比起真正写作所花费的时间还要多。

一般在两种情况下，你会想要去查阅文献。第一种是你想到一个天马行空的点子，或构建了某个设定，这个设定对故事很重要，但是你不确定它是否能在现实科学的框架下找到可靠（或不那么可靠）的依据。或者更明确地说，要如何实现它。例如我想射一支巨大的箭到月球上去，把月亮射下来，这种点子能成立吗？如果可以，那么我们需要造多大的弓箭，如何建造和发射它呢？这时候你就要去查阅有关月球质量、环绕轨道、公转速度等各种数据，你还要查阅材料科学的有关文献去寻找合适的造箭材料。又比如，我想用咒语来控制甚至杀死别人，听上去挺酷，但怎么实现呢？显然你得在语言学和脑科学的文献里寻找可能的途径。第二种情况，你设想了一些故事中包含的要素，需要去查阅与之相关的细节。这个要素可以是人物、地点、语言等。比如，你想写一个发生在火星的故事，那么如果你想要写一篇更偏向写实的小说（而不是布拉德伯里《火星编年史》那样的），你就需要查找更多关于火星的资料，它的地质条件、大气环境、重力、地形等。

无论如何，你要开始查阅文献了。首先你要有一个搜索关键词，这并没有想象中那么简单。在为点子寻找依据的情况下，有时候你甚至不知道该从哪个领域的文献入手。实在没有办法，那就只有不断探索尝试。先用中文的关键词进行检索，找一些综述性或者科普性较强的文章来看，大致了解一下这个领域，判断其中是否有自己想要的东西。嗅到机会后，再找一些更专业的期刊论文或更具有针对性的科技新闻来阅读。在明确锁定了一个关键词后，我们还可以用它进行英文检索。因为目前科技文献写作的第一语言仍然是英语，所以一般可以在英文文献中找到更多更详细的内容。

你要有心理准备，因为事情绝不会一帆风顺。如果你能够轻易地找到和你的点子完全匹配的文献，那只能说明你的点子早已不再是科学幻想，而是已经变成了现实的科学理论，那再写这个题材的意义就大打折扣了。通常情况下，我们在查阅文献的过程中会不断地遭到打击，那些科技文章会不停地告诉你，这个想法是很荒谬的，甚至是绝对不可能的。这时候我们要沉住气，搞清楚主要的障碍在哪儿，想办法从别的地方绕过阻碍。比如，我们想要在火星上种土豆。一查文献就知道，火星的土壤非常干燥，而且肥力不够，是不可能直接种植土豆的。但不要放弃，我们可以想办法对它进行改造，比如加水、加肥之类的，就像马克·沃特尼在《火星救援》里那样。这样一来，不可能就变成了可能。还有一些想法可能会被主流的科学文章断然否定，比如反重力，在绝大部分科学论文里都会告诉你说是不存在的，这时候我们不妨去一些更前沿的领域寻找机会，因为那里有很多东西尚不明确，很多问题还没有得到完全解答。比如，在有关"暗能量"和弦论的一些论文里，似乎可以找到与我们的想法一致的东西，而这些理论目前都是探索性的，很多细节目前科学界尚不明确，这其实就是科幻作家们可以灵活发挥的地方。又或者，我们可以换一个思路，在看似与引力无关的领域里找一找。比如，我们可以在一篇研究斯格明子的凝聚态论文中发现，在某些特定的参数下，斯格明子之间会出现反重力的迹象。总之，任何这样的机会都应该被认真审视，说不定它们就会为你的点子开辟出一条前所未有的路径来。

有一点要补充的是，因为科幻写作与科学研究在查阅文献时的需求不一样，所以我们并不需要太过强调文献的权威性。在 Nature、Science 这些顶级期刊上发表的论文固然好，但也许一些低级别期刊上的偏门论文，甚至是 arXiv 这种预印本网站上的论文,对我们的启发反而更大。

2.3.2 从科学到创意

不管是阅读科技文献还是科普文章,都是一种很有效的刺激创意和灵感的方法。作为科幻作家,除了在写作需要的时候去查阅文献之外,平时也应该多阅读科学类的书籍,多关注一些最新的科技进展和前沿报道。从不断发展的科学中寻找写作的创意,这样你就永远不用担心自己的灵感会枯竭,因为科学的发展是永无止境的。

然而,从文献中看到的那些科学概念,其实很大一部分是很难直接用于科幻创作的,特别是一些极为专业的术语和领域。像"莫特相变""复微分几何"这样的概念,因为距离普通读者太远,首先要理解它就很有困难,因此基于这些概念的故事就不太容易激发读者的直观感受。而另一些较为通俗的概念,理解起来固然容易,比如基因、陨石、人工智能等,但是这类题材已经写得太多,不容易写出新意来了。那么,最容易激发创意的、最适合包裹成有趣故事的科学概念,应该是什么样的呢?我们不妨通过以下的例子来做一个分析和总结。

我们这里找的例子并不是科幻小说,而是东野圭吾的"侦探伽利略"系列推理小说。这是一个很奇特的推理小说系列。在这个系列里,他将众多的科学概念与充满悬疑性的故事相结合,构造了一个个富有惊奇感的场景。有人将其称为"工科推理"或者"理系推理"。这种写作方式其实是我们在科幻小说的写作中可以借鉴的，因为科幻小说更需要将科学元素与悬疑故事相结合的技巧。接下来，我们将尝试着从"侦探伽利略"系列中，分析和总结其从科学元素中演化出精彩故事的策略。

截至 2020 年，"侦探伽利略"系列一共出版了十本书，其中五本是短篇合集，五本是长篇小说。具体如表 2-1 所示：

表 2-1 "侦探伽利略"系列作品一览

中文书名	日文书名	原出版时间	备注
侦探伽利略	探偵ガリレオ	2002 年	短篇集，包含燃烧、映现、坏死、爆裂、脱离五个故事
预知梦	予知夢	2003 年	短篇集，包含梦见、灵视、骚灵、绞杀、预知五个故事
嫌疑人 X 的献身	容疑者 X の献身	2005 年	长篇
伽利略的苦恼	ガリレオの苦悩	2008 年	短篇集，包含坠落、操纵、密室、指示、扰乱五个故事
圣女的救济	聖女の救済	2008 年	长篇
盛夏方程式	真夏の方程式	2011 年	长篇
虚像小丑	虚像の道化師	2012 年	短篇集，包含幻惑、心听、伪装、演技四个故事
禁忌魔术	禁断の魔術	2012 年	短篇集，包含透视、曲球、念波、猛射四个故事
禁断的魔术	禁断の魔術	2015 年	长篇，系由之前的短篇《猛射》扩写而成
沉默的巡游	沈黙のパレード	2018 年	长篇

在这个系列中,《嫌疑人X的献身》《圣女的救济》《盛夏方程式》《梦见》《伪装》《演技》《曲球》《念波》八篇并没有涉及太特别的科学概念,因此不是我们分析的重点。长篇《禁断的魔术》是由短篇《猛射》扩写而成,因此也不再重复分析。除此以外,一共有19个故事。我们把这些故事及其主要涉及的科学概念抽取出来,结果如表2-2所示。

表2-2 "侦探伽利略"系列涉及的科学概念一览

篇名	科学概念	故事中的作用或特性	备注
燃烧	二氧化碳激光	灼烧点火	热效应
	氮-氖激光	调节光路	光学效应
映现	电弧的冲击波	将铝板压制成面罩	力学效应
坏死	超声波	用便携式超声波加工机致人心脏停搏死亡	力学效应
爆裂	钠与水的化学反应	制造海水爆炸事件	热效应
脱离	光的折射	在有上下温差的空气层中发生的光线弯曲传播,让人目睹本来看不到的东西	光学效应
灵视	悬浮的硅粒子	发型喷雾剂中的硅粒子与音响旋钮上的润滑油结合,产生噪声	声学效应
骚灵	共振	下水管道与工厂相连,工厂排放污水时引起房屋振动	力学效应
绞杀	电热器	发热使弓弦熔断	热效应
预知	ER流体	通电后变为固体	力学效应

续表

篇名	科学概念	故事中的作用或特性	备注
坠落	大气压强	封闭锅盖构建延时装置	力学效应
操纵	门罗效应，爆炸成形	利用爆炸成形的金属片杀人	力学效应
密室	李普曼全息图	通过全息图模仿窗户的锁扣造成密室的假象	光学效应
指示	探矿术	表面是用探矿术寻找狗尸，其实是潜意识下的肌肉无意识运动	力学效应 心理效应
扰乱	超指向性音响	扰乱人的平衡感	声学效应
幻惑	微波	作用于人体让身体发热	热效应
心听	弗雷效应	用调变微波作用于人脑产生听觉效应	声学效应
透视	红外线	利用红外线相机和红外线滤纸制造透视的假象	光学效应
猛射	电磁轨道炮	制造轨道炮远程杀人	力学效应
沉默的巡游	氮气、氩气	密闭房间注入致人窒息死亡	力学效应

分析这些概念及其与故事的连接，我们可以发现它们具有一些共同的特征。

第一，这些科学概念大多属于应用型的概念，也就是属于工科的范畴，而较少有纯理科的科学概念。其原因是多方面的，一来是因为作者东野圭吾毕业于大阪府立大学电气工学专业，其学科背景偏向于工科。作家的学科背景对创作的题材有影响吗？你当然可以举出很多反例，但从我的创作经验来看，作者虽然并非一定要写作与其知识背景相同学科的题材，甚至很多人还特地远离自己的学科,但学科背景仍然会在更深的层次里影响作者的创作。从某种角度来说,知识背景塑造了作者的思维方式。我在构建作品的科幻设定的时候,经常不自觉地就使用到材料的磁性、原子结构之类的知识,这正是长期从事相关领域研究所带来的必然影响。这并不是什么坏事,没有必要强行去悖逆自己的知识结构,因为在你熟悉的领域中,往往更容易提出更精彩的设计。二来是因为工科概念直接与现实生活相连接,在推理小说中可以更容易地与故事进行结合。推理小说与科幻小说的一个重要区别,在于其世界背景通常仍然属于现实的世界,也就是说其中的物理规则、社会结构和我们所处的现实环境是一样的。① 所以,与现实联系较为密切的工科概念在推理小说中是较为适合的,但这并不意味着科幻小说也只能如此。在科幻小说里,幻想世界的建构往往要建立在一些新奇的物理规律之上,这意味着即使是一些较为抽象的纯理科概念,也有机会被引入科幻作品的设定系统之中,比如《六道众生》中的普朗克常量、《球状闪电》中的微观量子态、科幻电影《幽冥》中的玻色-爱因斯坦凝聚等。

第二,这些科学概念都与某种人体可以直接感知到的效应相联系。在表2-2的备注栏中,我们标注了每个故事中涉及的这些科学概念所引发的效应类型,可以将其分为力学效应、热

---

① 也有一些将幻想和推理结合起来的小说,如《死了七次的男人》《尸人庄谜案》等,但总体而言在推理小说中并不多见。

效应、光学效应和声学效应等类型。比如在《脱离》一篇中，由于工厂的液氮泄漏事故，导致其厂房地面和上空的温度出现较大的温差，从而影响空气的密度，最终产生了神奇的光线折射现象。在《幻惑》一篇中，宗教团体用隐藏的微波发射装置让信徒的身体产生发热的感觉，从而对教宗的法力深信不疑。在《心听》里，一位公司职员向同事的头部定向发射调制电磁波，利用弗雷效应，让电磁波产生压力波，通过头骨传导到耳蜗，从而让接收者听到像是从脑子里响起的奇怪声音。可以发现，不管是看到、听到还是感觉到，这些科学概念一定会引发某种直观可感的奇妙现象，成为故事中的核心诡计和情节张力的来源。在科幻作品的创作中，其实也应该遵循同样的原则，因为没有可感效应的设定是没有意义的。故事需要视角，视角来自人物，人物产生感知。因此，归根结底，设定还是需要通过人物的感知来进入故事。有时，这种感知来自故事中的人物；有时，是作者将可感效应直接传达给读者。以《流浪地球》为例，在小说里，作者对地球发动机的描写如下：

<u>黄昏并不意味着昏暗，地球发动机把整个北半球照得通明</u>。地球发动机安装在亚洲和美洲大陆上，<u>因为只有这两个大陆完整坚实的板块结构才能承受发动机对地球巨大的推力</u>。地球发动机共有一万二千台，分布在亚洲和美洲大陆的各个平原上。

从我住的地方，可以看到几百台发动机喷出的等离子体光柱。你想象一个巨大的宫殿，有雅典卫城上的神殿那么大，殿中有无数根顶天立地的巨柱，每根柱子像一根巨大的日光灯管那样发出蓝白色的强光。而你，是那巨大宫殿地板上的一个细菌，这样，你就可以想象到我所在的世界是什么样子了。其实这样描述还不是太准确，是地球发动机产生的切线推力分量刹住了地球的自转，因此地球发动机的喷射必须有一定的角度，这样天空中的那些巨型光柱是倾斜的，我们是处在一个将要倾倒的巨殿中！南半球的人来到北半球后突然置身于这个环境中，有许多人会精神失常的。

比这景象更可怕的是发动机带来的酷热，户外气温高达七八十摄氏度，必须穿冷却服才能外出。在这样的气温下常常会有暴雨，而发动机光柱穿过乌云时的景象简直是一场噩梦！光柱蓝白色的强光在云中散射，变成无数种色彩组成的疯狂涌动的光晕，整个天空仿佛被白热的火山岩浆所覆盖。爷爷老糊涂了，有一次被酷热折磨得实在受不了，看到下大雨喜出望外，赤膊冲出门去，我们没来得及拦住他，外面雨点已被地球发动机超高温的等离子光柱烤热，把他身上烫脱了一层皮。

在这些段落里，作者构想了地球发动机的各种可感效应，包括光学效应（用单实线标注部分）、力学效应（用双实线标注部分）、热学效应（用点虚线标注部分）和心理效应（用波浪线标注部分）。通过这样多样化立体式的感官效应，地球发动机这一设定得以生动地呈现在读者面前。因此，当我们想要将某个科学概念引入科幻作品时，一定要先想一想，它能产生哪些可感的效应，不管是力学、热学、光学还是心理层面。这种效应可以是局部的，也可以产生广泛的影响，甚至改变整个宇宙——这在推理小说里是很难涉及的。当然，仔细推敲之下，绝大部分科学概念都可以产生或直接或间接的可感效应，这取决于你对这个概念的熟悉程度和思维的发散程度。比如对"宇宙塌缩"这个概念，一般人可能觉得似乎很难和我们的日常生活联系起来，即使能产生一些物理效应，大概也只能通过天文监测的仪器来发现，但刘慈欣在小说《塌缩》里，却创造性地把空间的塌缩和时间的倒流结合起来，设想在宇宙从膨胀到塌缩的那一刻起，整个宇宙的时间方向也将就此反转，从而产生一种极其奇特的、影响到所有人和所有事物的宏大效应。

第三，我们发现这些科学概念在故事中所起到的作用往往偏离其本来用途。比如在《坏死》一篇中，超声波加工器被用来灼伤人体的心脏以致人死亡；在《预知》中，ER流体被用在一个伸缩衣架上，以便构建一个具有欺骗性的道具；在《密室》一文中，李普曼全息图则用来伪造一个虚假的密室。这些技术本来都在各种领域有其正当的用途，但作者却大胆地转移了它们的使用场景，从而创造出令人意想不到的用法。所以，将科学元素进行场景的转移和类推，是一个很重要的创意激发的方式。相比推理小说，科幻小说在这一点上更加需要，因为很多科幻小说涉及的科学概念，在生活中可能还没有实际应用过，这就需要科幻作家具有更富于创造性的思维方式。比如我写过一篇小说叫《单孔衍射》，其中就将"单孔衍射"这一抽象的光学概念进行了类推，把实体障碍物上的小孔类推为时间壁垒上的一个空穴，把传导的光线类推为单向流动的时间。通过这样的方式，单孔衍射这一概念被赋予了新的使用场景，从而在此基础上设计出了一个奇妙而宏大的社会性效应。

总的来说，从科学中寻找写作的灵感是一个很有效的途径。其中需要一些思维发散的技巧，需要对科学元素有所选择，也需要结合作者自己的知识背景和写作经验进行故事的构思。它是一种可持续的写作方式，只要科学的发展永不停止，新的创意就可以源源不断地涌现出来。

第3章 从设定到设定网络

在创意产生之后，不要急着下笔。虽然这时候写作的冲动极为强烈，但准备工作尚未完成，仓促下笔的常见结果就是在写作的中途卡壳，甚至被迫推翻重写或放弃。在创意激发型的写作方式中，萌生创意之后，你至少应该从两个方面进行思考：一是如何把这个创意扩展完整，成为一个合理自洽的设定；二是如何构建一个精巧的故事，让这个创意自然地呈现出来。

本章主要讲第一点，即如何把一个创意延展为完整的设定，甚至构建一个复杂的设定网络。

3.1 什么是设定

我们在不同场合使用"设定"这个词。在《现代汉语词典》中，对"设定"的解释是"设置确定"，比如设定空调的关机时间，它是一个动词。我们这里讨论的"设定"是一个名词，它实际上指的是小说的故事发生的世界背景。对于现实主义文学或者非虚构写作来说，不存在设定的概念，因为其叙述的背景世界就是我们的现实世界，作者不需要再特意地构想或交代，但是对于各种幻想类作品而言，设定却是一个很重要的概念。在创作科幻、奇幻、武侠等题材的小说、电影、游戏时，构想和完善作品的世界设定都是一个必不可少的前期环节。

对于科幻小说而言，设定主要是指那些作者虚构的在现实世界中不存在的要素，它可以是某个虚构的星球（如阿凡达星球），可以是某种幻想的生物（如异形、冬至草），可以是一种设想中的科技成果（如太空电梯、曲率引擎），也可以是某种奇特的社会结构（如《1984》《使女的故事》等小说中的社会）。完全没有设定的科幻小说是不存在的，即使在一些偏向现实主义的作品中，也多多少少会出现某些偏离现实状况的点，这也是所有幻想类小说的重要特征之一。

　　从本质上来看，做设定其实是在建构一个新的世界，一个与现实世界具有某种相似性，但在某些地方却出现分岔，走向了其他可能性的"平行世界"。菲利普·迪克用"观念的错位"来形容设定世界与真实世界的这种分岔，并且认为它正是"科幻的本质"。[①] 与奇幻小说不同的是，科幻小说中设定的世界都是可以通过现有科学或某些虚构的科学理论来进行解释的，是一种可知论下的世界。20世纪中叶在哲学领域兴起了一个"可能世界理论"，后来被引入对文学作品的研究中，用于分析文学作品中的虚构世界。茨维坦·托多洛夫（Tzvetan Todorov）根据文本虚构的世界与现实世界的远近关系，提出一种划分虚构世界乃至文本类型的方式。[②] 托多洛夫把描写与现实完全相同世界的小说称为现实小说，之后按照与现实世界逐渐偏离的顺序，把其他小说分为奇特小说、奇幻小说、怪诞小说与神异小说四类。其中的奇特小说便很接近科幻小说的范畴。可见，对于文学作品来说，其设定的世界不仅是故事发生的背景，而且其本

---

① 菲利普·迪克：《记忆裂痕》，四川科学技术出版社，2017年，"序言"。
② Tzvetan Todorov, *The Fantastic: A Structural Approach to a Literary Genre*, Ithaca: Cornell University Press, 1973, pp. 38–43.

身也逐渐成为研究和审美的对象，可以说具有了某种独立性。对于科幻小说来说，更是如此。对于科幻小说的读者来说，小说设定带来的惊奇感是阅读乐趣的一个重要来源，某些时候甚至超过故事本身。

小说设定的独立性还体现在它的跨叙事性和跨媒体性上。不同的小说可以共享同一个虚拟世界，例如《九州》系列小说，就是多个作者在同一个世界设定下完成的不同作品。同一个作者在创作系列作品的时候也将不同作品置于同一个世界观之下，比如阿西莫夫的《机器人》系列和《基地》系列。在小说中，对设定的交代要依赖于故事线的推进。也就是说，在故事没有涉及的地方，对应的世界设定往往是不在文本中进行展示的。而基于小说衍生出来的电影、剧集、游戏、漫画、地图集、绘本等，往往可以将小说背后的世界设定进行更为详尽的展示，这也表明世界设定可以跨越不同的媒体平台而存在。

创造一个新颖的、具有鲜明的作者风格的世界设定，不管对于作品还是作者来说，都具有重要意义。这样的设定，其本身就可能成为大众的讨论话题，例如《三体》里的"宇宙社会学"，从学术界到政商界，无数人在谈论它，已经远远超过了谈论小说本身。有时候，设定会成为与作者本身紧密相连的一种符号，谈到托尔金，就立刻会想到其创造的"中土世界"。托尔金甚至把小说《精灵宝钻》里主人公的名字刻在了自己的墓碑上，可见其对自己设定的世界倾注了何等的感情。作者应该严肃地对待自己笔下的世界，相信它的存在，并且努力地丰富和完善它。不要因为它只是一个故事背景，而随意抛出一些散乱而毫无逻辑的描写，那样会严重损害故事的真实感，往往会让读者跳戏。曾经有作者设定故事发生在一个没有空气的星球上，可是正文里却出现狂风呼啸的描写，让人大跌眼镜，这都是没有认真做设定的表现。细节丰富而自洽的世界设定，不仅不会束缚故事和人物，反而会给人物以坚实的支撑，甚至有时会以你始料未及的方式推动故事的发展。

3.2 设定的创新

2012年，英国评论家保罗·金凯德（Paul Kincaid）在《洛杉矶时报》上发表一篇书评，对2011年的几本科幻年选中的作品发表了略显刺耳的批评，他认为当前"科幻作为一种文体已经到了近乎枯竭的状态"。随后，"枯竭说"引发了美国科幻评论界的一场大讨论。乔纳森·麦卡蒙特（Jonathan McCalmont）发表了一篇长评，其中说道："我认为科幻小说已经失去了对世界的兴趣，与时代脱节，导致了一种既缺乏相关性又缺乏生命力的自恋又内向的文学的出现。"事实上，类似的批评很早就出现了。在1954年出版的一本美国科幻选集的前言里，编者就发出了这样的感慨："今天的许多杂志都离读者太远了。它们已经失去了惊奇感和热情，这正是很多以前的作品吸引读者的原因。它们并没有像真正的科幻小说那样，在作品里把现实的科学理论和那些激动人心的科技进展结合起来。"①在中国，近来也有越来越多的关于科幻小说"内卷化"的批评，认为现在的作者大多只是在前人开辟的疆域中修修补补，而失去了创新的勇气和能力。在网上，曾有科幻迷发出这样的调侃：

> 遇事不决，量子力学；
>
> 风格跳跃，虚拟世界；
>
> 解释不通，穿越时空；
>
> 不懂配色，赛博朋克；
>
> 脑洞不够，平行宇宙；
>
> 画面老土，追求复古；
>
> 不清不楚，致敬克苏鲁。

这种调侃反映了读者对当今中国科幻创作和出版现状的不满，也确实指出了部分科幻作品创意不足、设定老套的问题。作为创作者来说，我们应该要认真对待这类批评和调侃，并有所警醒。一些人可能会反驳说，科幻小说的创意早已经被前人写尽，现在的作品已经不可能再在设定上有所创新了。我认为这种说法纯粹是作者为自己偷懒的行为所找的借口。另一些人

---

① Lester del Rey, Cecile Matschat, and Carl Carmer, *The Year After Tomorrow*, Philadelphia: Winston, 1954, pp. 6-7.

则会声称，科幻小说既不姓"科"，也不姓"幻"，而是姓"小说"。也就是说，它本质上是一种小说，所以比起构思科学设定，提高其文学性更加重要。这种说法有一定的道理，今天的科幻小说也早已突破了黄金时代那种单一的风格，在新浪潮运动之后，很多作品在文学性上都取得了长足的进步。但追根究底，科幻小说这一文类，之所以能从众多文学作品中凸显出来，其最核心和最根本的吸引力，还是来自设定的惊奇感。所以，如何做出一个具有一定创新性的设定，对于科幻创作者来说仍然是一个无法回避的问题。

对于初涉科幻的作者来说，第一步当然还是要大量地阅读，从各种经典的文本中汲取营养，同时也让自己对前人开拓的领域有个大致的了解。这样，在自己写作的时候，才能对设定的新颖性有一个合理的评估。其次，他们还应该对当今科学的前沿领域有所了解。当然不必像科学家那样深入，但至少应该对其机理有大致的了解。当你对某个领域产生特别的兴趣，决定以此切入，创作一篇科幻作品时，你还可以更加深入地研读该领域的相关文献。其实，以当今科学如此迅猛的发展速度而言，想要寻找新的创意点并不困难，很多时候科学家正在进行的课题甚至已经超越了科幻作家的想象。作为范例，也为了帮助初学者找到突破的方向，下面我将具体介绍几种在设定中可行的创新方向，供大家参考。

3.2.1 假想科学

一种常见的误解是认为科幻小说一定要基于现有的科学理

论来做设定,其实不然。科幻小说的"科学性"不同于学术论文的"科学性",它更强调的是推想过程的逻辑自洽,而不强求其理论基础严格符合当今科学的认知。引入假想科学的理由有两个,其一是为了故事构建的需要。我们必须再次强调,科幻小说的首要目标是构建一个具有惊奇感的故事,为了这一需要,当作者不得不引入一些超越科学认知、有时候甚至略微违反科学认知的设定时,他们是应当得到允许的。刘慈欣的《球状闪电》基于"宏电子"这一完全没有科学依据的设定,但这并不影响它成为一部伟大的科幻小说,因为在这一设定的基础上进行的一系列推演,包括电子的量子特性在宏观下的展现等等,都完全符合现代科学的逻辑。正是在这一系列设定的基础上,作品才成功地为读者呈现了一个诡异怪诞、极富惊奇感和吸引力的世界。

另一个引入假想科学的理由是:科学理论本身是在不断变化的,一些目前还不成立的虚构的理论,并不意味着今后不会发展成真正的科学。一个典型的例子是阿西莫夫在《基地》系列里虚构的一个科学理论"心理史学"(Psychohistory)。该理论认为,虽然人类个体的所作所为很难预估,但作为一个整体,人类大众的种种行为——包括人类未来的历史——则可以通过纯粹的统计手段来预测,唯一的前提条件是"人类集团本身不了解心理史学,以便其反应是真正随机的"(the human conglomerate be itself unaware of psychohistoric analysis in order that its reactions be truly random)。《基地》系列的主线情节就是基于这个科学理论衍生出来的。显然其灵感来源是热力学与统计物理,在那里,尽管每一个微观粒子的速度和轨迹都无法预测,但表征其整体的物理参量如温度、压强、体积等,却是可以预测与计算的。在阿西莫夫写出该作的二十世纪中叶,心理史学当然只是他的设想,但随着近年来一门称为"社会物理学"的学科的迅速发展,它已经越来越接近阿西莫夫所设想的那个虚构的学科了。虽然现在的社会物理学还没有发展到小说里心理史学的程度,但我们完全可以期待其未来成为一个真正完备和成熟的理论体系。

引入假想科学作为设定基础的时候要注意避免与当今的科学结论直接冲突,那样容易使作品陷入"伪科学"的旋涡之中。当然,我们必须要明确,科幻小说中的假想科学与一般认为的伪科学是截然不同的,前者是为了故事构建的需要而引入,作者和读者都明确地知道这一点,并不会认为它是真实的科学理论,而后者通常会竭力模糊其与真实科学的界限,其宣传者本身往往声称它们就是真正的科学理论。"宏电子"产生的背景是人们目前对球状闪电的起源并没有一个确切的理论解释,而且对电子、夸克这类基本粒子,人们对它们的了解同样极度缺乏。"心理史学"同样如此,它并不违反任何已知的科学定律,相反是超前于现有的科学理论。其他常见的科幻设定,如时间旅行、曲率驱动、瞬间传输等,虽然并没有现有科学支撑,但至少并不被科学定律所禁止,从而为假想科学留下了理论上的空间。

通过引入一个假想的科学理论来建构一个虚拟世界,是极具原创性的设定方法。具体设定的时候一定要注意丰富假想理论的细节,将其与现有的科学规律融合在一起,尽量减少其假想的色彩,避免其成为一座没有支撑的空中楼阁。

3.2.2 异构世界

想要从一个虚构的科学理论出发推导一切的想法往往是极为困难的,大部分时候我们并不这么做。想要达到与其类似的颠覆性的奇观效果,我们还有很多其他的途径,比如设想一个处于某种极端环境下的异世界,或者其他与现实截然不同的世界。这些世界的物理法则和我们并没有区别,但故事通常并不发生在我们熟悉的地球或类地球环境里,那里的众多事物和智慧生物的日常行为也往往与人类截然不同。

一种常见的异世界设定是让故事发生在地球之外的其他星球。有时候我们会借助那些确实存在的星球,比如火星、金星、月球、冥王星等来构建自己的故事。这时作者应该做好充分的准备,让自己对这些星球各方面的状况了如指掌,特别是它们与地球相比有哪些异样之处,因为这些异常点往往才是读者更感兴趣的地方,作者应该围绕这些异常之处来展开故事。在克拉克的《月海沉船》(*A Fall of Moondust*)里,故事始终围绕着月尘的特殊物理性质来展开,比如它们的流动性、导热性、电磁屏蔽等，让整个故事显得真实可信的同时又不断产生新的惊奇点。金·斯坦利·罗宾逊（Kim Stantly Robinson）的火星三部曲则围绕火星的实际状况设想了众多对其进行环境改造的方案，以这种巨大的变革为背景引发了激烈的冲突。另一个典型的例子是肯·沃特（Ken Wharton）的《地下之上》，该小说发生在木卫二那被冰壳覆盖的液态海洋中，那里产生的智慧生命具有与正常视角相反的上下方向认知：因为生存在海洋里，身上长有气囊的他们同时受到指向星球外部的浮力与指向内部的重力，由于前者大于后者，综合起来的等效重力便成了指向外部的方向，于是他们把这个方向认定为"下"，而把指向星球内部的方向认定为"上"。这种误解带来一系列有趣的故事，比如他们想要突破星球的束缚，向外进发，却搞错了方向，一直向着星球内部挖掘，发现一直无法突破到海洋外部。他们还总结出了一些错误的引力定律，比如高度越"低"引力越大——拟合的数据甚至显示到某个高度重力会无穷大——事实上只是因为越靠近冰层，液体的压力越小，其身上的气囊就越大，从而使其所受的浮力增大了而已。

另一些作品则完全发生在一些虚构的星球之上，或者目前人类尚不明了的遥远星球上。这样做的好处是可以不受已知星球的各种特征的约束，在一个更为自由的维度下，根据故事的需要来建构所需的环境，它们往往比既有的、人类较为熟悉的太阳系内的星球环境更加怪异，从而让作品具有更强烈的冲击性。弗兰克·赫伯特（Frank Herbert）的《沙丘》虚构了一个被沙漠覆盖的干旱星球，却出产能使人产生超感能力的香料；与之类似的是电影《阿凡达》中的星球，它富含奇妙的常温超导物质，因此引来了人类的大举入侵；罗伯特·福沃德的《龙蛋》描写了一个生活在中子星上的种族——奇拉族（Cheela），他们的新陈代谢是基于核反应而不是化学反应，同时因为其星球表面的重力远超地球，他们和人类的时间流速也相差甚远。写作这类发生在虚构星球上的小说时，我们可以先从一系列基本要素开始进行设定，比如这颗星球的半径是多少（涉及重力的大小），主要组成元素是什么（钻石星球？），星球表面的环境怎么样（是否有固体表面、土壤、大气、液态水），它的自转和公转情况如何（涉及不同纬度的重力差异、是否有四季及磁场等），它所围绕的恒星是什么状态（是否已经变为红巨星，或者有三颗恒星？），距离恒星有多远（涉及星球表面的温度），等等。切记设定一定要服务于故事的需要，在一开始就要明确自己想写一个什么样的种族或什么样的奇观，以此来指导自己对星球的设计。斯蒂芬·吉列特（Stephen Gillett）在《世界建构》（World Building）一书中提出了很多操作性的建议，大家有兴趣可以参考。我们在4.1节中会更详细地讨论这个问题。

除了外星球，故事还可以发生在其他奇异世界，例如赛博朋克作品常发生在意识电子化之后的虚拟空间中，另一些作品把场景设置于人或其他生物的体内、二维的平面宇宙、中空的地球内、环绕恒星的戴森环上、原子等微观粒子内部，乃至整个宇宙之外的超空间中。可以说，科幻小说的故事可以发生在任何世界里，不管它们有多么诡异或不合常理。特德·姜的《巴比伦塔》设定了一个在空间上具有周期性边界的世界，人们造了一座极高无比的塔，穿过了天顶，最后发现又回到了地面。格雷格·伊根的《边境守卫》(*Border Guards*) 构想了一个具有三维环面拓扑结构的虚拟世界。玛丽亚·斯奈德（Maria V. Snyder）的《立方体之战》系列则发生在一个被称为"里面"（inside）的世界，那是一个全封闭的立方体，按照阶层分割为不同的生活区域。

需要提醒大家的是，虽然刚才我们看到了很多五花八门的异构世界，但这些精巧的设定本身并不直接决定其好坏。评价一个世界的结构设计是否优秀，除了看其创新性、自洽性和惊奇感之外，还应该观察其是否容易衍生出各种戏剧冲突。设计一个完美、和谐、人人幸福的乌托邦世界，在大部分的时候是没有意义的。

3.2.3 技术奇观

科幻小说中总是充斥着各种虚构的科技发明，很多科幻小说中常常会出现一个发明家或科学家的形象，通过他之口向读者阐释某种新奇技术，并由此带动故事的发展。有的时候，这些发明会带来好的结果，科幻作家对科技的进步持积极肯定的态度，例如在刘慈欣《圆圆的肥皂泡》《带上她的眼睛》《地火》《地球大炮》等小说里,超级表面活性剂等作者设想的技术都带有很明显的技术乐观主义的倾向,故事的主要矛盾在革命性的技术创造中得以解决,是这类作品的典型特征。但大部分时候,科幻小说中的技术创新带来的更多是不好的结果,或者虽然它给人类带来很多好处,但作品重点关注的却是它的负面效应,例如其导致的操纵失控、伦理失序、人类异化、审美缺失等。对技术的警惕和反思日益成为现代科幻作品的主流,固然和当今世界科技发展的状态与科技伦理思潮的兴起有关,但一个更根本性的原因不容忽视,那就是一个关注科技阴暗面的作品,比起那些科技乐观主义的作品,往往更容易构造一个复杂曲折又有深度的精彩故事。

在科幻作品里,构造一个新奇的、震撼人心的技术奇观,是一种常见的设定创新方式。但那些新奇技术其实也并非作家凭空想象出来的,它们通常也带有现实科技的影子。一般而言,科幻作品中的技术奇观,从其创生途径来看,大致可以分为三类:

第一类,宏大化。其基本思路就是通过放大现有的工程尺度,来塑造那些宏伟壮丽的奇观。凡尔纳的《从地球到月球》描写了一个900英尺长的巨型大炮,这是对大炮这一现有技术的夸张放大。大炮这种技术本身并不新奇,但尺寸上的放大却带来了视野上的另类惊奇感,后来在刘慈欣的《地球大炮》里更是将炮筒贯穿了整个地球,可谓将这一思路用到了极致。这种对宏大奇观的描写在硬科幻小说中常常出现,随口就可以说出无数这样的例子:《天堂的喷泉》里出现的太空电梯、《与拉玛相会》中的巨型太空站、《星球大战》里的死星堡垒、《环形世界》里的戴森环、《流浪地球》里的行星发动机……宏大不仅是技术极端发达的表现,而且也给读者带来了新的审美体验。但要注意的是,不要为了宏大而宏大,或者一味地进行大尺寸空间下的描写。任何宏大之物都需要从细节上进行呈现。

第二类,重构。在一个新的环境中,重新构建那些我们熟悉的技术,也是一类常见的技术奇观的创建方式。在这类小说里,我们会看到很多略显奇怪的机械或技术,它们源于现实,但又在某些地方偏离了现实。蒸汽朋克是一个很好的例子,在那里,一切机械的动力来源都是蒸汽机,包括大型飞艇、机器人及计算机。那些庞大、笨重而又结构繁复的机械喷吐着灼热的蒸汽,在冷硬中却又呈现出另类的美感。另一种常见的重构方式是将机械生物化,例如《无赖殖场》里的生物火箭、《海伯利安》里的树舰、《三体》里的人列计算机等。这也是我比较喜欢的一种重构方式,我在《说书人》里写过用细菌发电的直流发电机,在《流光之翼》里设想了一种利用蝴蝶构建的量子计算机。这类设定将鲜活的生物和冰冷的机械结合在一起,常常能产生令人意想不到的惊奇效果。

第三类,异化。具体来说,科幻小说中的异化通常又分为人的异化和技术的异化两种,两者都是某种特定的技术发展到极限或失控之后，所涌现的脱离原来预期的产物。很多情况下故事中都会出现某种形式的灾难，其技术设定的奇观场景在这些悲剧性的灾难爆发过程中得到集中展现。

人的异化通常与那些应用于人体的生物、医学等方面的技术有关，《弗兰肯斯坦》里面目狰狞的人造人、《羚羊与秧鸡》里基因编辑培育出的"秧鸡人"、《寄生前夜》里由线粒体幻化出的异形人，都是其典型的例子。国内作家也创作过大量这类题材的作品，最典型的就是王晋康的"新人类四部曲"——《类人》《豹人》《癌人》《海豚人》，每一部都描写了通过某种基因技术制造出的新人类，以及技术失控下产生的悲剧。另外，刘慈欣《微纪元》里的微型小人、何夕《盘古》里的巨婴、刘宇昆"未来三部曲"里意识上传后的数字人，也都是让人印象深刻的异化设定。

与技术带来的人的异化不同，一些作品重点关注的是技术本身的异化，其通常涉及的是这样几个方面的技术：（1）人工智能，如杰克·威廉森的《束手》，描写了一个智能机器人接管一切，人类受到机器无微不至的照料，什么都不用做，却也什么都不能做的可怕场景；（2）互联网/物联网，如尼尔·斯蒂芬森的《雪崩》，虚构了一种可以同时在网络和现实生活中传播的电脑病毒；（3）高能物理，如刘慈欣的《朝闻道》，设想高能加速器的实验会导致真空衰败，甚至毁灭宇宙；（4）纳米技术，如麦克·克莱顿在《纳米猎杀》呈现的场景，一个纳米集群失控后逃出实验室，不断进化、复制，并开始猎杀沙漠中的动物乃至人类。还有一类小说并不关注某种单一技术对世界造成的影响，而是着眼于科技与工业发展对全球生态的影响，这就是目前在西方兴起的所谓"气候小说"（Cli-Fi），其某种程度上也可以看作是一种对技术异化下的奇观展示。

我们可以看到，在科幻小说里设想一种技术奇观作为核心设定，具有众多的途径和选择对象。建议初学者从自己熟悉的领域入手，尽量大胆地进行推想，然后再用文字细致地勾勒出脑海中那些宏伟而奇绝的图景。

3.2.4 奇异生物

在作品里引入现实中不存在的生物并非奇幻小说的专利，在科幻小说里我们也常常这样做。这些奇异生物要么没有智慧，仅凭生物本能做出反应，在小说里通常作为人类探索、研究、斗争的目标；要么具有智慧，甚至处于人类遥不可及的文明等级——也就是通常所说的外星人，小说主要通过人类与其交流交往的过程建构故事和冲突。这里我们重点讨论前一类奇异生物的设定和呈现技巧。

我们一开始就要明确自己设定这些生物的目的以及小说的写作方向。如果你要创造的是一个或众多"怪兽"，那么其故事可以非常好莱坞化，就是展示其侵入人类生活空间、与人类斗争的过程，类似电影《哥斯拉》《迷雾》《汉江怪物》《长城》等；也可以反之，描写人类无意中进入怪物的领地，突出探索和冒险的元素，如电影《黑暗侵袭》《被时间遗忘的土地》《九层妖塔》等。这种题材的生物设定简单粗暴，通常是通过模仿、放大或拼接现实中的生物来塑造怪物的形象，并且让它们具有某种超出普通生物的能力或特征，使其能够对人类造成威胁。设定的时候，除了强调其非凡的攻击能力之外，还要注意为其留下一个致命的弱点，以便故事的主人公能够消灭它们或者从危险之地脱身。

另一些科幻作品中的奇异生物则显得更为神秘，与人类的互动关系也不是简单的猎杀和被猎杀。在故事中，常常通过探索或研究的行为来呈现其异常特征。写作这类题材，我们在设定时需要更加大胆、细致，既要突破一般的思维局限，创造出前所未有的新鲜物种，给读者带来惊奇的阅读体验，同时也要注重其逻辑的合理性，对其奇异特性的由来、所处的环境、生存所需的物质条件、基本的结构特征、生殖发育的过程等方面统合起来考虑，让其奇异之处得到更多基础设定的支撑，以增强其合理性和真实性。以石黑达昌的《冬至草》为例，其中描写了一种奇异的植物，它具有近乎透明的叶片，生长在含铀的土壤中，带有放射性。故事以一位研究员对冬至草的追踪和探究为主线，借助前人的研究笔记为线索，逐渐描摹出这种植物的各方面特性，并最终揭示出背后隐藏的真相。文中对冬至草的很多细节描写值得我们注意："从茎生出的羽毛一样的叶片娇嫩欲滴……给人一种强烈的透明感"，"根系竟然十分发达，相互缠绕、延绵不断","距离墓地越近，冬至草的生长就越密集，而且白色的纯度也更高","给它加热，想让它早点干燥，可是它突然间就会烧起来","该植物有夜间发光的记录"。这些细节描写都不是孤立的，它们相互支撑印证，构成了一个严密的逻辑链条，为我们建构了一个真实可信的生物体系。

除了从现实生物和神话传说中寻找灵感，奇异生物的构建还往往通过从其他领域移植的方式来进行。刘宇昆在小说《贝利星人》中构造了一种纯粹的岩石生物，它们的身体是圆形的晶体。在季风的吹动下，这些晶体最终会滚进湖里，被湖底的淤泥包裹。随后，淤泥变为多孔的软性岩石，在火山爆发造成的酸性河水注入湖中时，其中被包裹的晶体被腐蚀一空。火山期结束后，湖水中悬浮的矿物质重新在空洞中结晶，到了湖面下降的冰川时期，新的晶体便重新露出地表。这些晶体具有无比复杂的组织结构，通过压电、温差电和热点效应消耗及转化能量，是一种以地质时间为生命周期的奇妙生物，而那些淤泥形成的多空岩石就相当于它们的DNA。这种生命的构造，其实是结合了地质变迁和器物铸造的物理过程，将这两者结合起来而设计出的。特德·姜的小说《呼吸》则把热力学第二定律简化变形，构造了一种以气压差为动力源的智慧生物。这是一种大体由钛合金组成的机械生物，他们在一个高压气源中让肺部充满大气，再让其缓缓流出到气压较低的外部，驱动身体各项机能的运转。连他们的大脑活动也是气流构成的：在其大脑中有无数微小的金属叶片，其吸入的气流通过众多微小气管流进大脑后，吹动叶片，同时也被叶片调控为某种复杂的气流模式。而这些气流的模式，就构成了其意识的物质基础。这些机械生物生活在一个封闭的空间中，显然，随着其呼吸的进行，周围环境中的大气密度会逐渐上升，最终让气源处的大气压强和外界相同，这也就是他们的世界末日。显然，这是对我们持续熵增而最终走向热寂的宇宙图景的一个机械化改造。

需要指出的一点是，以奇异生物为核心设定的小说，尤其需要以写实的手法来进行创作。只有在这样的虚实交织之下，设定和现实的界限才会尽可能地模糊，从而给读者更强烈的震撼感。在这样的作品中，连故事有时候都显得不那么重要了，因为对奇异生物的精巧设计已然成为作品的核心趣味和审美对象。

3.2.5 社会结构

科幻小说常被人寄望于可以对科技发展带来的社会问题予以预测，甚至给出一些可能的解决方案，因此科幻作品里通常会涉及社会的整体结构在某种科技或极端事件下的调整、震荡与剧变。一部分作品更关注科技本身带来的惊奇感，对其在社会结构上带来的影响常常轻描淡写地带过，或者采用其他的写作技巧以避免让作品在这方面复杂化。而另一部分作品则截然不同，它们的重心恰恰就是对社会结构的设定与描摹。在这些作品里，社会的运行规则常常与我们现实生活迥然不同，从而形成了种种奇特的社会结构。正是这些奇特的社会规则和社会结构，给这类作品带来了独特的阅读趣味，它们才是作品的核心设定。而与之相匹配的技术手段，不管它们看上去多么精巧或酷炫，本质上其实并不重要，因为它们往往是为了迎合与匹配那些社会结构而刻意设计出来的。

这种类型的科幻小说常被归类为"乌托邦"或"反乌托邦"，在欧美的科幻小说里有许多这样的经典作品，如《1984》《美丽新世界》等。近年来由于性别、种族等题材在欧美科幻小说中逐渐流行，也随之涌现出了一批聚焦女权主义的乌托邦和反乌托邦作品，如厄休拉·勒奎恩（Ursula Le Guin）的《黑暗的左手》、内奥米·奥尔德曼（Naomi Alderman）的《权力》等。在这些作品里，男女的性别及其社会地位之间的关联被消除或者颠倒了，从而带来了新的社会结构。在中国，致力于建构新奇社会结构的科幻作品相对较少，但也绝非空白。刘维佳的《高塔下的小镇》描写了一个在激光大炮保护下的田园牧歌式的小镇。大炮可以阻挡所有外来者进入，让小镇居民生活在零压力的安逸状态之下，然而其中也隐藏着进化的危机。王晋康的《蚁生》借助一种从蚂蚁中提取到的激素，建立了一个人人利他的乌托邦农场，最终却因与外部社会的格格不入而走向幻灭。刘慈欣在《超新星纪元》里创造了一个由孩子统治的世界——因为一场超新星爆发，所有13岁以上的人类都相继死去。在之后的新世界里，所有大人们留下的法则和规律都被推翻，甚至连战争都沦为一场游戏。我们注意到，在这些作品中，促成社会结构改变的因素，往往只是轻描淡写地几笔带过，因为它们并非作品的重心所在。《高塔下的小镇》并没有详细说明激光大炮的建造和工作原理，《蚁生》里也对所谓的"蚁素"语焉不详，至于《超新星纪元》里让所有大人死去的宇宙辐射，其实也完全可以改为其他的致命因素——比如一种只对大人们有效的流行病毒——而对故事的核心毫无影响。

如果说大部分科幻小说的设定是对某种科学技术的思想实验，那么以社会结构为核心设定的科幻小说就是一场社会实验。只要构思精巧，它们往往可以呈现出比普通科幻小说更有吸引力的一面，同时在思想性和文学性上也容易达到一个更高的水平。因此，在社会结构的设定上发挥自己的创意，也是一种极有意义的创新方向。

3.3 设定的层次

我们在构想新世界的元素时，必须意识到，每一个元素都不是孤立的，它总是与周边的其他事物保持某种联系。当我们改变或引入一种新鲜的元素，它必然会带来其他的改变，有的是我们需要的，有的却未必。我们必须重视并警惕这种关联性，因为它们关乎新世界的自洽性和可信性。如果某种元素的加入对世界造成的影响超出了你的控制范围，你就应当更加审慎地采用它，或者直接摒弃它，改用另外的元素来达到你的目的。

我们可以根据改变某种元素对世界的影响范围，将它们分为不同的层次。一般来说，微观物质、宇宙常数、普适定律层面的要素，属于最底层的设定，因为一旦改变它们，会造成整个世界发生天翻地覆的变化。有人曾跟我说，他想写一个能量守恒定律不成立的世界，我建议他最好不要这样做。因为一旦能量守恒定律不成立，我们几乎所有的科学定律都要改写，物质存在的状态、生物的形态、所有的技术装备、社会的结构等等，全都必然会发生颠覆性的改变，事实上我们很难想象那到底是一个什么样的世界。

但并非所有科学定律都不可改变。事实上，大部分定律本身也有其适用范围，甚至很多经验定律只在某些有限的特殊情况下才成立。一般情况下，微观层面的定律，或者涉及某种作用量的对称性的定律，其适用性是最广泛的——根据诺特定律，作用量的每一种对称性都对应于一种守恒量，[①] 而遇到守恒量的时候我们总是应该特别小心。接下来是一些宏观层面上的定律，它们通常是那些基本定律在特殊情况下的近似，比如牛顿的力学定律，它在宏观低速下才成立，热力学里的玻意尔定律、盖吕萨克定律、查理定律等，只有在理想气体中才适用。再接下来就是那些数量众多的经验公式或半经验公式，它们通常是根据数据拟合出来，作为方便使用的工具而存在的，比如金属学

---

① Noether Emmy, "Invariante Variationsprobleme," *Nuchrichten van der Gesellschaft der Wissenschuften zu Göttingen Mathematisch-physikalische Klasse*, vol. 2, 1918, pp. 235 – 257.

中的霍尔-佩琪公式、材料学中的屈服应力公式等。这些经验公式大部分都无法通过推导得出，这也反映出它们与科学体系的其他部分的联系是较弱的，因此我们在做设定的时候完全可以适当修改这些经验公式，而不对这个世界的其他部分造成太大影响。

这类对基础设定动刀的小说固然很难写，然而其一旦写出来，往往便具有一种极强的震撼力，具有较强科学背景的作者可以尝试一下这类设定。英国科幻作家鲍勃·肖（Bob Shaw）在小说《衣衫褴褛的宇航员》（The Ragged Astronauts）中描写了一个圆周率等于 3 的宇宙。故事里，一个数学家用滚动的木盘向他弟弟直观地展示了圆周率的数值。在那个宇宙中，行星周围的物体在自然状态下呈现出圆锥体的状态，而不是球体。因此，两个互相绕行的行星，其大气层很容易地就纠缠在一起，形成了一个联通两个星球的大气通道。其中一个星球上的居民在面临资源枯竭的问题时，展开了向另一个行星的移民，而交通工具仅仅是装有喷气装置的热气球。在史蒂芬·巴克斯特（Stephen Baxter）的小说《木筏》（Raft）里，人类殖民者被困在了一个重力常数 G 远超我们的宇宙——那里的恒星很小，尺寸不过一英里大，而且寿命很短。格雷格·伊根（Greg Egan）的《正交》三部曲（orthogonal trilogy）则描绘了一个更为怪异的宇宙：在那里，空间与时间融为一体，因此不再有速度的概念；光是有质量的，但没有一个恒定的光速；星球接受的能量不是来自光照，而是来自光的发射，因此星球上的植物是通过向黑暗的夜空发射光来获取能量。

事实上，通过调整科学定律或自然常数来构造新世界的作品是很少的，在大部分作品中，自然科学体系仍然和我们现实中的一样。在这样的背景下，我们可以设想出某种特殊的自然环境，以此构造出一个迥异于我们现实生活的世界。在哈尔·克莱蒙特（Hal Clement）的《重力使命》里，作者描写了在一个重力极大、高速自转的星球上发生的故事，罗伯特·福沃德（Robert L. Forward）的《龙蛋》（*Dragon's Egg*）可以视为其进阶版，后者描写了一个中子星表面的世界。另一个有趣的例子是刘慈欣的短篇小说《山》，其中写了一个生活在星体内部的泡状空隙里的外星文明——在它们眼里，宇宙是充满了密实物质的存在，而其中的每一个空穴泡就是一个星球。在这种特殊环境下形成的文明，其生物形态、生活状态和社会结构显然都应该和我们现实生活相去甚远，所以做设定的时候仍然需要考虑到很多方面的影响。

上面所讲的这两种设定的层次都较为基础，与世界的其他要素具有千丝万缕的联系，做设定的难度不小，呈现起来也需要较长的篇幅，通常作为一个长篇小说的核心设定是较为合适的。我们也可以在更小的幅度上进行世界的调整，例如设计一种新的技术或机器、描写一种奇异生物、引入一场巨大的灾难、虚构一种超能力等。这些设定都不涉及世界整体环境的改变，与其他要素的关联性较小，设定的难度适中，因此在大量作品中被广泛使用。注意，这里的关联较小是相对上面两种设定要素而言。细究之下，其实它们也会产生一系列的后续效应，甚至改变整个社会的形态。比如同样写时间机器，当它没有在社会中普及，而仅是作为某个疯狂科学家的实验用品，或是某些特定阶层的专属之物，那么它设定下的世界就与现实较为接近，写出来的大致就是一个围绕时间诡计来展开的个人化的故事，大部分时间旅行题材的作品都是如此；然而当时间机器在社会中普遍使用之后，那就会不可避免地影响到更多的层面，设定会变得更复杂，因为在那个世界里人们的生活、社会的结构都会发生显著的改变，阿西莫夫的长篇小说《永恒的终结》，就是这种类型的典型范例。究竟采用哪种写法，到底需要把设定铺多大，还是需要作者根据自己写作的意图和能力来确定。

我们回过头来看一下在上一节中提到的那几种设定类型，显然"假想科学"是影响最大的，因此它应该处于所有设定的底层。"异构世界"层次稍高，其次是"技术奇观"和"奇异生物"，而"社会结构"对其余设定的影响应该是最小的，因此它的层次显然是最高的。

既然科幻小说的设定具有不同的层次，这就意味着一部作品中的各个设定之间，并非处于完全平等的地位。每个设定都会与背景环境相互作用，从而影响原有的世界秩序，作者可以根据自己的需要在这些可能的连带效应中选择一些进行挖掘，从而产生新的设定。我们不妨把效应源头的设定称为核心设定，牵连出的后续设定称为衍生设定。衍生设定还可以继续产生下一级的衍生设定。

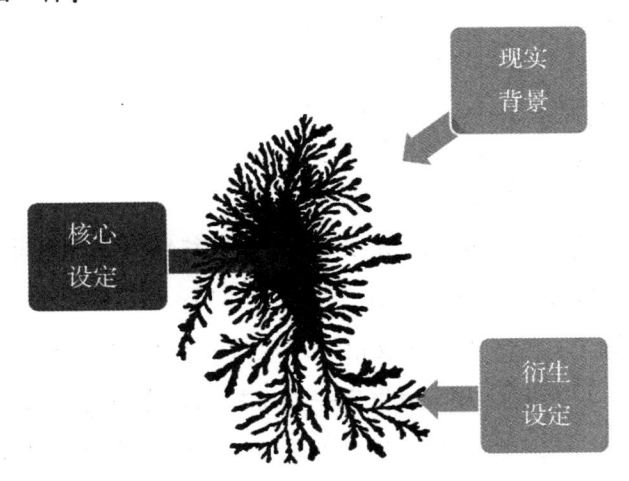

如果我们把现实世界的背景看作一张白纸，那核心设定就相当于是在纸上滴下一滴墨水。墨水渗入纸页，沿着其中的脉络向周围浸润开去，产生的脉络纹路就是衍生设定。就像下面这张图一样：

图 3-1　核心设定与衍生设定

我们做设定的时候，可以从核心设定入手，通过推演，发展出众多的衍生设定，从而完善整个世界的建构。但写作小说的时候，设定呈现的顺序却往往与之相反。我们通常会从衍生设定切入，通过主人公的探索推进故事，最终揭晓一切的缘起，也就是核心设定。这是一些长篇科幻小说常用的写作模式。

3.4 设定链与设定网络

如果我们在各级设定之间用线条或箭头标示出它们之间的延伸关系，那我们就得到了一条设定链。以阿西莫夫的《基地》系列和《永恒的终结》为例，其设定链示意如下：

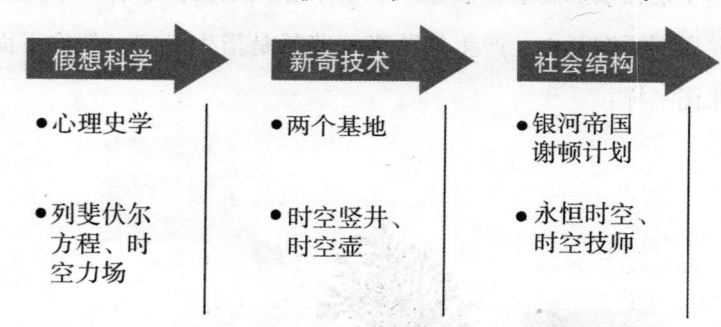

假想科学 →	新奇技术 →	社会结构 →
●心理史学	●两个基地	●银河帝国谢顿计划
●列斐伏尔方程、时空力场	●时空竖井、时空壶	●永恒时空、时空技师

图 3-2　《基地》系列与《永恒的终结》的设定链

图中上面一行对应的是《基地》系列，下面一行对应《永恒的终结》。两部作品的设定链组成模式很相似，都是从某种假想的科学原理出发，衍生出一些奇特的技术设想，再以此为依据，推想其对整个社会带来的影响。以后者为例，其作品的主题是时空旅行这一稍显老套的题材——即使在作品出版的1955年，这一题材也早已经被很多人写过。然而，作者通过设定链的延伸，让作品的核心创意得以从一般的时空旅行类作品中跳脱出来，成为这一题材的经典之作。在一般作者的笔下，时空旅行通常借助于某种"时间机器"来进行，正如这一题材的开创者 H. G. 威尔斯所做的那样。但在时间旅行的机制上，作者一般并不会做深入的构想。同时，这些作品中的时间机器往往只局限在某些特定个人使用，如科学家、探险者等，因此不会造成一种普遍的社会结构上的改变。因此，它们往往沦为一种猎奇向的、类似探险小说的故事类型。但在《永恒的终结》里，阿西莫夫对这一设定沿着上下两个方向都进行了可贵的延伸。

在小说里，时间旅行依赖"时空竖井"这一连接不同时间层的特殊构造得以进行，人类借助"时空壶"这一设备在时空竖井中上下穿行。这是技术层面的设定，从某种角度看和一般的时间机器并没什么两样，只是更细致了一些。向着这些技术的源头追溯，作者设定了时空竖井得以维持的关键在于"时空力场"，而时空力场的数学原理在于"列斐伏尔方程"。这些就已经是在"假想科学"层面作出的设定了，因为在人类目前的科学体系里并不存在这个方程。值得注意的是，这些上游设定并非只是单纯地为技术设定提供一个理论支撑，而是与故事有着紧密的关联——事实上，这些理论本身就是时空因果链的重要一环。而在技术设定的下游，作者围绕着时空竖井建构了一个基于永恒时空的社会体系，其中有时空技师、观测师、计算师、生命规划师等各种奇特的职业，它们共同构成了一套复杂而协调的小型社会体系。同时，永恒时空中的技师们又通过"最小必要变革"这一手段与外界的普通时空产生交互，从而对包含了所有时间层面的整个人类社会产生了深远的影响，甚至诱发其产生了根本性的变化。

可以看到，阿西莫夫从一个简单的时空旅行设定出发，分别向上下游扩展，最终衍生出了一套精密而自洽的设定链条。正是在这个精妙的设定链的基础上，小说的故事才得以开展。对于一些更为复杂的设定系统来说，单链式的结构或许都不足以反映出其设定间的连接特征。事实上，在设定延伸的过程中，其对下游产生的影响往往是发散式的。如图3-3所示，在一个假想科学的基础上，可能会衍生出多个新奇的技术，而这些技术又会带来各种社会结构上的改变，造成多个层级上的社会响应。考虑到现实社会的复杂性，任何一种技术层面的设定都应该对社会造成多面向、多层次、连环式的激发状态。卡德在谈及世界设定的时候曾说："小说里最傻的就是发生了影响世界的大事，社会各界却只有同一种反应。"[①] 这也是很多新人常有的问题。我们在4.3节中会结合特德·姜的小说《焦虑是自由引起的眩晕》详细地讨论如何建构一个真实而丰富的社会响应体系。

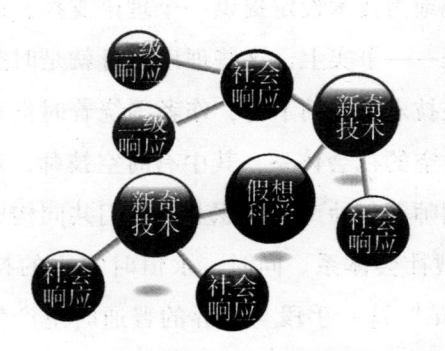

图3-3 一个单核心设定网络的示意图

---

① 奥森·斯科特·卡德：《如何创作科幻小说与奇幻小说》，天津：百花文艺出版社，2015年，第55页。

因此，在一个更普遍的情况下，科幻小说——特别是长篇科幻小说，其设定的连接，往往形成一个网状的结构。上图所示的是一个单核心设定网络，如果小说的核心设定不止一个，那么其设定网络可能会更加复杂。下面，我们以贵志祐介的代表作《来自新世界》为例进行说明。其小说的设定网络如下图所示：

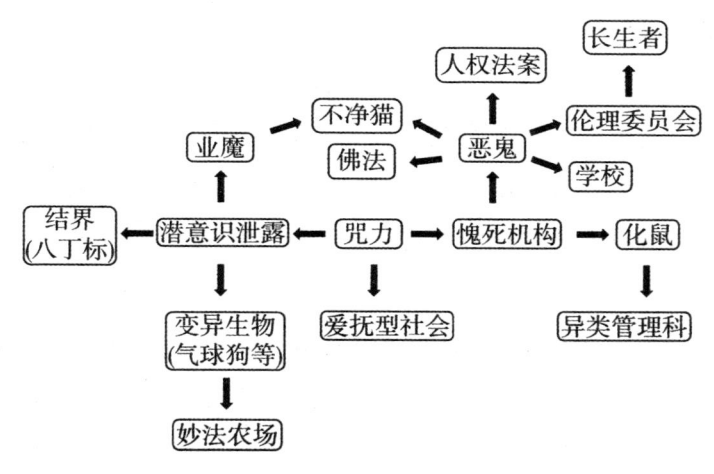

图 3-4 《来自新世界》的设定网络

从图中可以看到，该小说的核心设定可以归结为一个 what-if 式的问题：如果在人类社会中有"咒力"的存在，世界会变得怎么样？咒力是一个偏奇幻的概念，在科幻小说里通常称之为意志力、遥动力，或者念力，早在二十世纪中叶就已经有大量科幻作品有利用精神力量操控物质的设定。在当时的科幻作品或研究著作里，虽然不同作家使用的词汇不太相同，如查尔斯·哈尼斯（Charles. L. Harness）惯用的 telekineticist[①]、约瑟夫·莱因（J. B. Rhine）使用的 psychokinesis、查尔斯·福特（Charles Fort）笔下的 teleportation，但它们的含义基本是一致的，即意念移物。但《来自新世界》仍然是极特别的一部作品，它以咒力的存在为前提，推演出了一番令人惊惧的反乌托邦式的未来景象。

噩梦的起源来自两个方面，它们都是咒力这一设定的衍生物。其一被称为"业魔"，指的是那些潜意识活动旺盛之人，他们泄露的潜意识会对周遭之物产生不可控的影响，对生物则会带来极其严重的伤害。其二被称为"恶鬼"，这是指那些愧死机构（一种生理性约束机制，让人无法通过咒力伤害别人）失效的人。与业魔和恶鬼的斗争贯穿了整个故事，作者在其中为我们呈现了各种社会性的设定，如"妙法农场""伦理委员会""异类管理科"等社会机构，"八丁标""不净猫""佛法"等约束性机制，以及"化鼠"这一异类生物及其背后所隐藏的可怕真相。这些设定彼此连接、不断衍生，织成了一张偌大的关系网络——这正是该作品令人震撼的根本源头。

在科幻作品里，孤立存在的设定是单薄无力的，不仅很难让读者信服，也无法与世界的其他部分协调自洽，甚至可能因

[①] 在1949年5月的《惊人故事》（*Startling Stories*）中，查尔斯·哈尼斯发表了《飞向昨天》（"Flight into Yesterday"）一文，首次使用了该词。在接下来的二十世纪五十年代，该词在约翰·坎贝尔担任主编的《惊人科幻小说》（*Astounding Science-Fiction*）中大为流行。坎贝尔在这个时期还在科幻小说中推广了一套与灵能、超能力相关的术语，并将其定义为"心灵电子学"（psychic electronics）。

为无法融入故事而变得毫无意义。因此，我们在创作的时候，要善于通过推演，将不同层面上的设定彼此连接起来，让它们形成一个层次丰富的设定链或设定网络，这不仅是完善作品设定体系的需要，而且是让设定系统内部自洽的需要。这在长篇科幻小说或科幻影视作品的创作过程中尤其重要。

3.5　一些注意事项

对世界的虚构和想象是我们与生俱来的一种能力，从儿童时期我们就喜欢摆弄乐高或公仔，让它们在沙发和茶几组成的幻想世界中嬉戏、战斗。因此，做世界设定不仅是为了取悦读者，作者往往也可以从中获得某种创世的乐趣。这种乐趣并非坏事，很多时候它会成为驱动作者写作的强大动力。对于一个连作者自己都提不起兴趣的设定，他很难在写作的过程中倾注自己的热情。然而，它有时也带来另一种极端的创作倾向：一些新手作者往往会沉迷于做设定本身，将设定做得极其完备，从世界地图到各种族的语言，不管是否和故事相契合，对什么都构想得很周到，最后导致作品从科幻小说变成了一本设定集。这是我想向作者们提出的第一个忠告：在做设定的时候要保持适当的克制，不要让自己迷失在无穷无尽的世界设定之中。

第二点要注意的是，设定链或设定网络的复杂程度要和文本的长度相匹配。如果你准备要写一篇一万字左右的短篇小说，那设定链上只需要两三个概念就足够了，太多了反而会影响故事的表达，或者让小说的其他要素都淹没在了庞大的设定海洋中。同理，长篇小说的设定就不能太过简单，否则可能撑不起相应的篇幅，或者让整个故事看起来过于虚浮空洞。

最后，我们要再次强调，做世界设定一定要以故事和人物的呈现为目标。或者更直接地说，设定一定要以某种方式与人物产生交集，最好的方式是，让设定以一种具有惊奇感的方式影响角色的生活。原因在于，在小说里对设定的交代要依赖于故事的推进，而且通常是基于其中主要角色的视角。如果设定蔓生到故事和人物无法触及的地方，那么它对于这部小说就是冗余的。如果某些设定和人物的塑造产生了冲突，或者因为设定的膨胀而影响了故事的推进，我们都应该坚决地摒弃掉那些设定中不合适的部分，像剪枝一样，只有去掉繁芜的枝节，才能凸显出清晰的主干。

3.6 设定练习

在本章的学习过程中，需要结合理论进行适当的练习。这里介绍一些常用于课堂训练的情境，并给出部分学生的设定习作。

●课堂活动：设定练习1

想象一种奇异的生物，从它的形态特征、食物来源、运动状态、生殖发育、种群分布、微观结构乃至与其生活环境的互动关系等方面，做一个尽量完整的物种设定。

要求：1. 要有趣；2. 尽量和现实生活联系得紧密一些。

附：部分学生的设定习作

噔咚（周程鹏）

这是一种生活在手机里的生物，名为噔咚，一般寄居在手机屏幕或者 cpu 等部件中，每部手机里可能有 3 到 4 个噔咚。其食物来源是按压触发的电流，即依靠人类手指按压屏幕的能量维持自己的生存。在平时需要进食的时候，它们常常会使手机屏幕发出亮光或者放出声音（"噔咚"）来吸引人类触摸屏幕。但是，长时间的寄居会使噔咚逐渐变得肥胖，从而使手机运行速度变慢，更换部分手机配件会使手机中的噔咚减少，从而提升部分手机速度。噔咚通过寄生在人体手指皮肤表面的卵进行传播。在合适的情境下，卵通过充电口进入手机。最近部分手机厂商察觉到噔咚的存在，开始推广无线充电，这成为它们当前最大的生存危机。

复读（李青赫）

复读是一种依靠人类的重复活动产生能量的生物，它们普遍寄生在当代青年的大脑中。被复读寄生的人会不由自主地重复同类的言语，同时复读之间的信息交换也依靠这种行为进行。一个被复读寄生的青年，会在复读同类行为时，向其他复读传递信息。但是复读也分不同的种群，当一批同种群的复读交流时，其他种群的复读会打破它们的复读。但是其他种群的复读可以适时释放"+1"等信息，这是复读间表示友好的标志。

觉知虫（严格维）

觉知虫是一种细小的线虫，其长度在 5 到 10 毫米，直径却只有上百微米。

觉知虫自数万年前和人类伴生，它把人体各处的感觉传递到大脑，人类通过觉知虫来更好地获得感觉。它们以感觉（本质上是带电的离子流）为食物。觉知虫也有不同的种类，不同种类的族群生活在人体的不同地方，每个族群均以某种特定的感觉为食。

大部分觉知虫畏惧人的强烈的精神波动，甚至会被短暂地麻痹，少部分（如疼痛觉知虫）则不惧怕。例如当人处于寒冷状况下，在大脑中产生强烈的精神波动（比如高唱国歌），超量的离子流在体内涌动，寒冷觉知虫会向远离躯干和大脑的地方逃窜，会感觉到躯干不那么冷了。当人处在困倦的状态下，突然的强烈精神刺激会将困倦觉知虫驱赶出大脑，在困倦觉知虫恢复并重新回到大脑前，人会感觉不困了。

● 课堂活动:设定练习2

在2099年,深圳市南山区新建了一栋一万米高的住宅大楼。设想一下这座大楼的结构、设计及其相关的物理和社会效应。比如,大楼的供水、供电、光照、通风、消防等问题怎么处理?如何抵御地震和台风?楼层的功能分布如何?楼层间来往的交通方式是什么?楼里的生态环境如何?居民们会形成什么样的社会关系?

要求:每个人至少就其中三个问题做出设定,并保证设定间是彼此连接起来的。

附:学生的设定习作

魔方大厦 (赵仕滢)

结构:模块化拼装。整栋大楼由无数模块拼接组成。事先打造好一整个楼层或者楼层的一部分,运输到楼顶或者楼的边缘处,利用强相互作用拼装。可以拆卸下一个模块后,拼装其他模块。大楼利用模块可以不断增长,而不是囿于固定的图纸,这也是为什么工业上不合逻辑的万米大楼会最终出现。

供水:集雨、地下水、循环结合供应。探入云层的楼体带有收集和净化模块,可以采集雨水并加以利用。供水模块在楼体外侧不断移动。

消防：移动的供水模块同时担任消防功能。失火的模块会首先切断与其他模块的链接，阻止火势扩大，等待附近的供水模块前来灭火。

交通：同样利用模块运输。楼体内留有数个通道用以模块移动，同样用以货运、观光。和电梯的区别在于，移动的模块更大，可以有完整的其他功能，比如移动的商店、游乐场、植物园等。大多数楼层的居民很少用到载人交通，只需要等待模块的光临。

生态环境：大部分楼层是流水线的工业制品，各处随着住户的偏好有着完全不同的装饰风格。幸好有先进的移动排污模块，卫生状况还好。只有极少数楼层和移动植物园模块有丰富的绿化。

社会关系：楼中大部分楼层属于平民楼层，居住在标准化的居所。他们在新时代的社会找不到工作，也买不起昂贵的平地住所，只能住在社会福利房，也就是高楼模块中。虽然物质与电子娱乐十分丰富，但稀缺的奢侈品等十分少见。对于稀缺商品、天然动植物等，每层楼会有固定时间，有移动模块到来提供服务。左邻右舍间恢复了农业时代和睦的邻里关系，聚餐、狂欢与party是常见的事情，但都不如联机来得频繁。家族、公会等社会关系随着邻里的关系增强出现复兴的趋势。

光照和通风：社区发展委认为，人造光线和空气流通装置足以满足社区需求。

　　点评：该大楼的系统设定紧扣"模块化"这个要素，在不同的设定中都围绕这一点进行展开，也以此将不同设定紧密联系在了一起，形成了一个比较清晰的设定网络。但设定中的内生矛盾不足，特别是对社会矛盾的推演不够，应该在这个方面进一步改进。

第 4 章 世界建构例析

对于科幻小说而言，在完善了设定或设定网络之后，对于作品的内生逻辑架构基本就完成了。一般而言，我们并不需要对故事发生的世界背景进行过于详细的设计，除了因为工作量太大，老实说也没有必要。因为通过小说的形式所呈现的世界，其范围是极其局限的。读者的视角大部分时候都跟随着某个角色的身份而移动，而在视线范围之外的事物，读者并没有机会知晓。因此对于这些盲区，作者并没有必要做过于详细的设计，否则有可能反而会干扰到故事的主线进程。

但对于其他一些并不单纯以文字形式来呈现的科幻作品，比如游戏或电影，在基本设定的基础上，进行完备的世界建构，就是一项很有必要的工作了。不管在游戏还是电影中，玩家或观众都有机会从更广阔的视角来体验作品中的世界，因此创作者们势必得为其提供更多的场景和更丰富的细节。此外，对于希望创作一个具有相同世界观的长篇系列作品的作者来说，本章的内容同样具有一定的参考价值。

4.1 异星世界建构

很多科幻作品的故事都发生在一个与地球环境或多或少并不相同的外星球上。这种作品在写作之前，往往要认真地对异星环境及该环境下的异星生物的特性进行详细的推敲，这样才可以将一个逻辑严谨、设定精巧的异星世界呈现在读者的面前。在做这类设定时，通常有三个关键的要素处于核心位置，那就是异星世界的重力、磁场和大气。

4.1.1 重力

星球的平均重力与其组成物质的成分、总质量与半径等因素密切相关，通过万有引力公式可以对其进行大致的估算。对于岩石星球来说，半径越大，其表面的重力一般也就越强。

但并非所有位置都具有相同的重力值，一个最重要的影响因素是星球的自转。由于一部分万有引力被用作旋转的向心力，真正有效的重力值呈现出从赤道到两极逐步递减的趋势。自转速度越快，两极和赤道间的重力差异就越明显。在地球上，两者间的差异大致为0.5%，很难被人感知到。在做设定时，我们可以增加自转速度，让其差异更明显，这也是增加异世界新奇性的一个常用方式。但并非可以无限制地增大自转速度，否则当其所需的向心力超过内聚的引力时，便会造成星球解体的后果。

另一个造成星球表面重力差异的因素是其内部物质密度的不均匀分布。当某处地表下有明显的质量密集区时，该处的重力会比周围更大。例如在月球上，人们发现在史密斯海等撞击盆地处，有明显的重力正异常现象，也就是所谓的质量瘤。它们有可能是一些致密的小天体落入月表造成的，当然也可能是月球自身演化的产物。地球上同样有类似的现象，但差异程度比月球上弱很多。

星球的形状也会影响其表面的重力分布。一般来说，具有较大质量的星球在其本身的重力影响下，其形状应该是接近球形的。但一些小质量天体的形状可以较大程度偏离球形，从而使其表面的重力分布出现明显差异。在某些作品里，人们甚至可以人为制造出形状奇特的星球，借助重力之外的其他方式来维持其形态的稳定性，这种情况下，其表面重力的分布就显得更加奇特了。设想一下，如果有一个甜甜圈形状的星球，它的表面重力该是多么奇妙啊！在一般情况下，外环一侧的重力会大于内侧的重力，但当自转速度较快时，情况却有可能截然相反。其中的奥妙在于，内侧的有效重力是万有引力和离心力之和，而外侧的有效重力却是万有引力和离心力之差。因此，当离心力增大到某个程度时，内外的重力大小就有出现反转的可能。如果是一个圆锥体形状的星球呢？读者大可以自己想一想，这其实也是一种思维训练的方式。

还有一些其他因素会影响星球的重力，比如星体的潮汐作用。其来源有可能是它所环绕运行的恒星，可能是它身边的卫星，也有可能是其他的行星。例如，在星河的《潮啸如枪》里，他就设定了一个互相环绕的双行星系统。两个行星间具有超强的潮汐力，因此会在星球表面上形成无与伦比的大潮，甚至让两个星球的潮水彼此连接成一道宏伟的水柱。我在写《昆仑》这篇小说的时候，曾经面临一个技术性问题，就是如何让古代的墨家弟子在低科技状态下从地球前往月球。后来我采取的处理方式就是给月球一个极大偏心率的环地轨道，让其在近地点可以与地球发生大气等物质交换，这时地球上靠近月球附近的地表重力也会显著减小。其实不仅是自然天体，当人造物的质量达到某种程度时，一样会造成潮汐效应，比如在刘慈欣小说《山》里出现的巨大的外星飞船。

在一些作品里，重力还可以脱离万有引力定律的约束，通过其他的方式进行调控。在很多作品里都有的人造重力或反重力装置就是这样的例子。我在《重力虫》这篇小说里，就描写了类似的装置。另一种设定的方式就是引入一种负引力物质，这些物质彼此之间的万有引力是负数，也就是说它们彼此之间其实是互相排斥的，正如我在《小林村拆迁事件》里所设想的那样。

4.1.2 磁场与大气

地球磁场的来源其实仍然没有被科学家彻底弄清楚，目前最主流的解释是地球发电机理论。这一理论认为，地球外核的导电流体在各种机制的驱动下，产生对流运动，从而形成电流并产生对应的磁场。地球的磁感线形状与一对正负电荷（也叫电偶极子）产生的电场线形状很相似：在地球外部，磁感线从地磁北极指向地磁南极，而在地球内部则从地磁南极指向地磁北极。这种磁场叫作偶极子磁场，其实就像一根磁铁棒产生的磁场。

太阳系各大行星中，木星的磁场是最强的。与地球不同的是，它的磁场并不是星体内核的对流产生的，而是由外核中的液态金属氢的对流运动导致的。设定一颗像木星一样的由液态氢对流产生磁场的星球是一个不错的选择，因为氢元素在宇宙中普遍存在，其有较强的合理性，而且氢的化学性质比较活泼，很容易诱发故事。在电影《流浪地球》和小说《火星救援》中，都借助氢来大做文章，这并不是偶然。

还有一些星球具有别的磁场产生机制，但不管何种机制，基本上都是由各种带电体通过对流或随着星体自转运动等方式来形成电流，进而产生磁场。我们做设定时完全可以更灵活一些，设想出更具有创意的磁场来源。例如在谢云宁的短篇小说《梦绕地心》里，地球的磁场是由火龙的定向环游产生的，而火龙则是一种由液态金属组成的生活在地心的智慧生物。

地球的磁场可以保护其中的生物免受宇宙射线的影响，但同时它在强烈的太阳风暴的辐射下也会遭受冲击，暂时性地改变磁感线的形状，干扰卫星通信，有时还会产生极光这种绚丽的自然景观。极光是科幻作品中经常被描写的场景，不管是在地球还是外星。它的出现不仅给故事带来一场画面上的奇观，由于其背后的起因是一场电磁风暴，这往往可以给我们的故事带来某种技术故障或戏剧性的转折。

极光是磁场和大气的共同效应。与磁场一样，大气也是我们设定星球生态中的重要一环。不同的星球，其大气环境迥然不同。例如金星，其浓密的大气层主要由二氧化碳组成，其中还有二氧化硫和硫酸液滴组成的云层。如果我们设定金星生物的特性，它大体上应该是某种嗜酸性的生物。而土星的大气则主要由氢和氦组成，其中还有大量的氨、甲烷等气体。事实上，类似土星这种富含氢、氨和甲烷的大气层，是一种在科幻小说中常见的大气设定。这种大气组合在较低温度下，可以呈现出和地球大气圈相似的气候景象：在充满氢气的天空之下，有大片液态的甲烷海洋，冬天一到，天上就飘落下凝固的氨冰。这种异星环境的设定，既不会让读者因感觉太过陌生而无法理解，又有着足够的疏离感和新鲜感。

大气的环流状态与星球的气候紧密相关。在地球上，由光照和自转驱动的三圈环流机制，形成了各大气压带和季风，塑造了地球的基本气候框架。我们在做设定时，也可以为想象中的异星球构造与地球类似的或截然不同的大气环流。除了阳光照射角度不同引起的温度差和星球自转带来的科里奥利力之外，影响大气流动方向的因素还可以有很多，比如地形（陆地、海洋、山脉）、重力异常区、特殊热源（火山、冰川）、潮汐力和星球的磁场等。

可以看到，重力、磁场和大气等因素在构建设定网络的时候，彼此是紧密联系起来的。在图4-1中，我们可以大致看到一些主要因素彼此之间所形成的相互影响的关系网络。

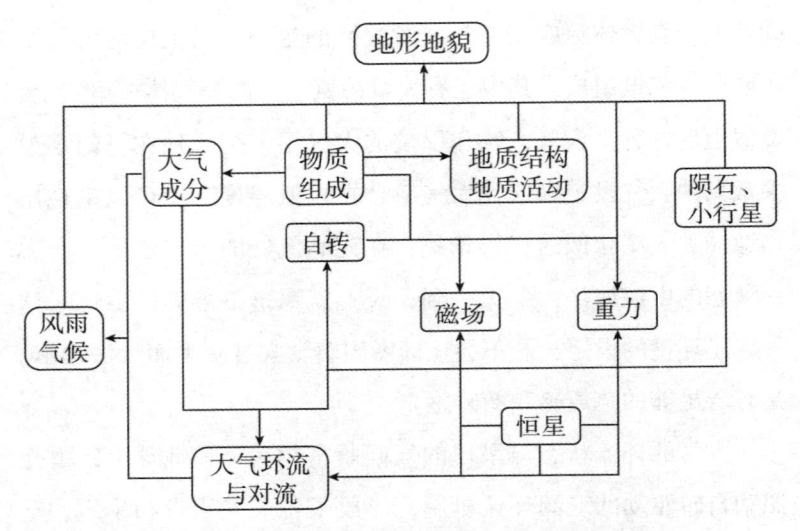

图 4-1　重力、磁场和大气的相互影响简图

当然，还有很多其他的自然因素，在世界建构的过程中也要进行考虑，比如星球的表面温度、所受的辐射强度等。阿西莫夫曾经在《并非我们所知的——论生命的化学形式》一文中，设想了在不同温度下可能出现的生物形态。[①] 按照温度的不同，他设想了六种生命的化学构成，如表 4-1 所示。这显示了温度对生命形态的重要影响。

---

① Asimov, I., "Not as We Know it-The Chemistry of Life," *Cosmic Search*, vol. 3, no. 9, 1981, p. 5.

表 4-1　不同温度下生命的化学构成

温度	生命的化学构成
-259℃至-253℃	以液氢为介质的类脂化合物生物
-182.6℃至-161.6℃	以液态甲烷为介质的类脂化合物生物
-77.7℃至-33.4℃	以液氨为介质的核酸/蛋白质生物
0℃至100℃	以液态水为介质的核酸/蛋白质生物
112.8℃至444.6℃	以液态硫为介质的碳氟基生物
500℃左右	以氟化硅酮为介质的硅基生物

我们必须要认识到，对异星的自然环境的建构，固然有其自身的价值，但一般情况下其并不是最终的目的所在。自然环境必须和生态结合起来。也就是说，我们更应该思考的是，在这个环境下生活的生物——特别是智慧生物——其生存状态和社会结构是怎样的。更进一步说，在这种异星生态之中，有哪些要素富有独特的趣味性，或者蕴藏着内在的矛盾冲突，从而具有衍生出精彩故事的潜力。下面我们尝试以《重力使命》和《龙蛋》这两部典型的硬科幻长篇为例，说明其是如何构建出独特的异星环境，并将其与异星生物的生活状态、社会风俗以及独特文明结合起来的。

4.1.3　范例分析1:《重力使命》

《重力使命》是哈尔·克莱蒙特的经典作品之一。在这部小说里，他构建了一个重力很大、自转也很快的星球——麦斯克林星球。在这个星球的两极，其重力大致为地球的七百倍，但因为自转速度极快（一天的时长只有地球的八十分之一），导致赤道附近的万有引力大部分被离心力所抵消，其有效重力仅为地球的三倍。也就是说，这个星球的重力在不同纬度上差异极大，这是其最主要的自然地理特征。

麦斯克林星球的大气与土星有些类似，主要由氢气、氦气和甲烷组成。氢气是麦斯克林人呼吸所必需的气体，地位类似于人类的氧气。氦气和甲烷的熔点分别是 $-77.75℃$ 和 $-182.5℃$，而该星球的平均温度大致为 $-160℃$，正好介于这两个温度之间，因此大部分情况下，甲烷是以液体形式存在的，它们积聚成了星球上的海洋，而氦气则凝结成固态的氦雪，只有在温度较高时才会融化成液滴。

这颗行星的公转轨道具有较大的偏心率，因此冬夏两季的持续时间差异很大。当行星达到近日点时，正好是南半球的冬季，此时的公转线速度是最快的，因此南半球的秋冬季都很短暂，一季只有地球上的两个多月。与之相应的，春夏两季则很漫长，每季约有二十六个地球月那么长。这里的智慧生物只生活在星球的南半球，因此小说里只讨论南半球的四季和气候情况。

以上都是较为直接的设定，通过简单的推演即可得到。在我看来，这部小说里还有一些更为精彩的设定。它们并不是那么容易就能想到的，需要借助一些更独特的视角来进行推演。下面我们通过阅读小说的几段原文来展示一些这样的例子。

【段落1】

"对了,说说你刚才提到的恒海是什么意思,难道还有其他不同的海吗?"

"我是指那些在冬季风刮起前仍然是海洋的区域。"他答道,"初春时海平面达到最高,那时冬季风逐渐平息。在一年中其他时候海平面会逐渐降低。在'世界边缘',因为海岸线陡峭,还看不出什么分别。但在那些重力正常的区域,水线会纵深变化,春秋两季,水线的变化范围可达二百到二千英里。"赖克兰听完禁不住轻轻吹了声口哨。

"换句话说,"他似乎在自言自语,"你们的海洋以四个我们地球年为周期完成一次循环:先是蒸发,然后在极地上空凝结,以甲烷雪的形式降落,最后在春天到秋天这段时间内再重新流回大海。我原来还对这些暴风雨感到不解,现在才明白这个道理。"

在这个段落里,作者引入了恒海的设定。由于麦星大气和四季的独特性质,其海岸线在不同季节会经历大幅度的变化。所谓恒海,就是在所有季节里始终保持海洋状态的区域。这种独特的地理概念,对于读者来说是很新鲜的。

【段落2】

　　麦斯克林星风暴肆虐时船只仍然可以航行，原因在于甲烷蒸汽比氢气密度大很多。在地球上，水蒸气比空气轻，能够大大增强飓风的威力；而在麦斯克林，海面飓风激起的甲烷蒸汽在相对短的时间里便会使风暴的主要组成部分大风平息下来。另外，甲烷蒸汽凝聚成云时释放的热量只是同量水蒸气的四分之一，而这种热量正是飓风不可或缺的。飓风的形成依靠太阳的热量，成形之后依靠的却是水汽凝聚所释放出来的热量。

在这里作者说明了麦星和地球在风暴危险性上的差别。由于海洋水体和大气成分的不同，麦星的飓风并不像地球上那样容易积聚能量，因此其威力也大大减弱了。这一部分内容综合考虑了大气和海洋的物质成分，并结合飓风的热力学成因进行分析，是很精妙的设定。

【段落3】

　　"你的意思是你也不懂为什么地平线看上去要高一些？"一个测绘师惊讶地问道。

　　"不太明白，我只知道可能是大气密度的原因。"

　　"这真太简单了……"

　　"对我可不。"

"对任何人都很简单。你知道,在公路上天气热的时候,热空气会使光线向上抬起一个很小的弯曲角。因为热空气的密度小,光线在热空气中的运动速度快一些——热或冷空气形成了透镜或空气柱,太阳光线于是产生了折射。这儿也是一样,但这里的透镜主要是由重力引起的。即使氢气的密度在麦斯克林星表面也有巨大差异。当然,寒冷的天气也是原因之一。……假定平均温度为零下一百六十度,高度上升至一千五百至一千六百尺,氢气密度会下降至地表的百分之一。"

这一段讲了重力驱动下的大气透镜。虽然在地球上也可以看到类似的"海市蜃楼"现象,但那是热力学驱动下的效应。作品将其移植到麦星上,而且改为用星球上的超强重力来驱动,逻辑合理,恰到好处。

接下来,我们来看一下在这种自然状态下的异星生物。对于植物来说,因为重力太过强大,因此所有的树木都贴着地面生长。它们长着触须状的树枝,尽力向四周伸展。而陆地上的动物,体形都很小,大部分不超过十五英寸长,只有海洋生物的体形稍大一些。陆地生物都是爬行动物,它们紧贴着地面运动,以减小超强重力的影响。星球的统治者——或者说麦斯克林人——同样是一种这样的爬行动物。他们具有环节状的身体,而且每一节身体中都有一颗心脏——显然这是为了更好地在超强重力的环境下完成血液循环。有一个设定很有意思,就是在低纬度和高纬度的两种麦斯克林人,虽然身体构造大体相似,但其体形却差距甚远——低纬度地区的种族,其身长是高纬度种族的三倍。这种设定当然和不同纬度下重力的巨大差异是对应的。他们的建筑都没有屋顶,只有一片蒙布。因为所有的麦斯克林人都有一种相同的心态,"只要头顶上方有一个非常结实的东西,哪怕只是暂时的,他们立即便会惊恐到极点"。在他们的语言和认知里,没有"抛"和"扔"这一类概念,因为在那里,任何东西只要一离开手里,便会立刻掉落在地上,根本没有时间在水平方向上发生移动。而且,在那样的重力环境下,这种动作显然是极度危险的。

麦斯克林人的文明程度接近人类中世纪的水平。他们的世界观非常有趣,虽然在人类看来很幼稚,但却完全符合他们的直观认知,也可以解释大部分的现象,所以人类在和他们交流时,一度无法驳倒他们的这种理念。在小说中,一位麦斯克林的土著船长是这么对人类说的:

"学校里教我们说,麦斯克林星球是一只巨大的空碗,绝大多数人都聚居在碗底,那儿重力才正常。我们的哲人认为,麦斯克林这只碗放在一个庞大的碟子上,碟子吸住碗,麦斯克林星球上之所以有重量,原因就是碟子的吸力。我们离'世界边缘'越近，重力就越小，因为离碟子远了呗。至于那个碟子又放在什么上，那就没人知道了。这方面，一些文明程度较低的种族有些奇特的信仰。"

他们口中的"世界边缘"其实就是赤道。这些一直生活在南半球的麦星人，从来就没有越过赤道去过北半球，所以他们认为自己的世界是碗状的。越靠近赤道，重力就越小。他们认为向着赤道的方向走，重力迟早会减小到零，而自己则会从这个世界中掉出去。看到这里的时候，相信很多读者都会哈哈一笑。作者设想的麦星人世界观既符合他们的实际生活体验，也是其逻辑推演的产物，但在我们看来却有十足的惊奇感——这也正是此类科幻作品的核心趣味所在。

4.1.4 范例分析2：《龙蛋》

与《重力使命》相比，罗伯特·福沃德的《龙蛋》给我们塑造了一个更陌生也更极端的世界。这个世界建立在一颗直径二十公里的中子星上，这里的重力是地球的六百七十亿倍！这个星球的内部主要由致密的中子组成，通过核斥力来抗衡强大的重力。它每秒钟自转超过一千转，有高达万亿高斯[①]的磁场从星球的两个磁极伸出。星球的外部地壳比内部密度稍小，但也接近白矮星的密度，成分也更复杂，"地球地壳的原子核这里

---

① 1高斯=10^{-4}特斯拉。

基本都有，只不过中子含量高得多，而且原子核周围也没有电子云"。在星球的表面上，有铁蒸气构成了一层薄薄的大气。

在这种重力强度下，星球表面几乎一片光滑。那些山和断层结构"大多只有几毫米高"，但较高的山脉可以高达十厘米，"峰顶戳穿了铁蒸气形成的大气层"。星球上有东、西两个磁极，最高的山都聚集在这两个磁极附近，因为"落在恒星上的物质大多都被磁场引向那里"。星球上偶尔有火山喷发，从地下喷出的烟气在磁场的作用下更容易沿东西方向运动，而很难横跨磁场线运动。因此，北半球的火山烟气逐渐都停留在了赤道以北的一条带状区域里，形成了这个星球上独有的大气构造——一条浓烟带。在小说里，这个设定在故事的发展中起到了重要的作用。

以上就是对于中子星世界的自然环境的基本设定，虽然很硬核，但并不算本书设定中最精彩的部分。作者对这种极端环境下的生物构造及其文明发展的一系列描写，才是这部小说中最令人印象深刻的部分。首先来看作者对中子星生命起源的一段描写。

自这颗星诞生起，它的温度就逐渐下降。在炙热的结晶地壳表面，富含中子的原子核现在可以形成越来越复杂的含环化合物了。地球上的化合物利用的是微弱的电分子作用力，这颗星上的化合物却是利用强大的核相互作用力，所以其速度是核水平而非分子水平。在地球上，每微秒会出现数种不同的核化学组合，在这颗中子星上却是每微秒数百万种。终于，在一万亿分之一秒的时间里，命运被写就：一种核化合物形成了。它有两个重要特质：一是稳定，一是能够自我复制。

中子星的地壳上出现了生命。

用核化学物取代普通的分子化合物，作为生物的基础，是一个很新鲜的点子，而且也完全符合中子星的现实情况。除此以外，其他的生命形式大概都很难在这种严酷的环境中生存下去。由于这种独特的物质构成，这种生命的生物反应速度是核水平，比人类"快了一百万倍"。也就是说，人类的一秒钟，在他们看来就像是一百万秒这么久。再加上他们处于中子星这种极高的重力场中，重力所导致的时间延缓效应，又加大了他们与人类的主观时间差。这是一个绝妙的设定！正是因为有了这个设定，在故事里，人类在和他们短暂的交往过程中，才得以完整地经历了其从蒙昧状态发展到超越人类水平的过程。

这个奇妙的智慧种族名叫"奇拉"。由于中子星上奇高的温度和磁场，为了维持其遗传物质的稳定性，他们的基因结构也与人类大不相同，是一种"由复杂核分子组成的三重冗余线性链"。与人类的双链结构相比，三链结构具有更强的自我纠错能力。这让我想起了何夕的《十亿年后的来客》,其中写到了类似的设定,但同样的设定在故事中的作用却完全不同。

奇拉在诞生初期是以植物的状态生存下来的。不同于地球植物通过光合作用合成有机物,中子星上的植物借助的是温差热引擎。

> 覆盖在地壳表面的大量原始食物很快就被一扫而光,取而代之的是一团团饥饿的细胞。有些细胞团发现了一件事:它们的顶面朝向寒冷、漆黑的天空,底部则与炙热的地壳相接触,顶面的温度总是比底部要低很多。于是,它们用细胞支起顶盖,使其脱离地壳。这么一来,它们就等于在深深扎进滚烫地壳的僵硬主根与上方凉爽的顶盖之间制造出热引擎,借此获得了有效的食物合成循环。
>
> 顶盖真可谓工程奇迹。它利用内含超强度纤维的硬晶体形成一个十二点的悬臂梁结构,对抗恒星六百七十亿个g的重力,举起了上层那薄薄的皮肤。当然了,植物的梁结构不可能把顶盖举得太高。哪怕植物宽度达到五毫米,它也只能把顶盖举到一毫米的高度。
>
> 植物也为顶盖和支架付出了代价。它们无法移动,只能留在自己扎根的地方。

注意这里出现的"十二点"悬臂梁结构。在进化为动物后，这些悬臂梁转变成了十二个眼睛（同时也是生殖器）。可以想到，"十二"这个数字对奇拉具有重要意义，因此当他们的数学发展起来以后，很自然地便采用了十二进制的计数系统。

奇拉进化为动物后，大部分情况下处于一种接近液体的状态，显然在这种状态下他们可以最大限度地减小重力势能的影响。他们的移动与其说是爬行，不如说是流动。所以他们很快就发现，沿着与磁感线平行的东西方向运动很容易，而要横穿磁感线向南北方向运动则很困难。因此，对他们而言，"世界几乎是一维的"。他们把东西两个方向称为"易方"，而把南北方向称为"难方"，这个设定可以说是十分恰当。在书里有一段这样的描写：

> 见高在滑溜溜、富有弹性的空气里缓缓向前挤。朝难方行进非常困难，最主要的原因就在于他的身体老是想往这一侧或者另一侧滑动。所以不能急，只能不断把一片薄薄的体缘朝难方挪，再把它扩大，撑开一道缝隙，让他可以滑进去。这样的话，前进起来就很稳定。这有点像逆风而行，但又不完全一样。如果是风，哪怕他静止不动，风也会不断地推搡他；但朝着难方移动时，他只会感受到一种力量，就是他自己奋力朝那个方向前进而形成的力。如果他站着不动，

那股力还会持续一会儿，压迫着他，之后它会慢慢压进他的身体，最后就感觉不到了——直到他继续行进，那股力才会再度出现。

注意这里对空气的形容是"滑溜溜、富有弹性"，这是因为中子星上的铁蒸气比起一般星球上的大气来说要致密得多。这段话详细地描绘了一个奇拉在朝着"难方"运动时会遭遇的来自磁场的偏转力。

在中子星上，除了奇拉，还有一些别的生物。比如有一种食草动物悠游兽，其进食方式颇为有趣。它体表长有一个坚实的装甲，当它在植物间移动时，它就把"装甲先移动到自己的顶面上，再径直落到植物上，把植物压成浆"，然后让自己那硕大的身体向前流动，"植物就从装甲板之间的缝隙吸进它的肚子里"。这种方式或许只有在中子星这种超强重力环境中才能进化出来。但作者对悠游兽装甲的设定，显然还有别的用意。随着奇拉与悠游兽的接触增加，一些奇拉注意到了这种装甲，并将其改造成了用来运输物资的载具。这意味着奇拉开始学会制造工具了，是其文明初期的一个重大发展。

奇拉文明在前期的发展过程中，借助于人类发送的科技资料，进展极快。由于他们与人类的主观时间差，在人类与其发生真正的接触之前，他们的文明水平就已经超过了人类。一个重要的标志，是奇拉文明发展出了反重力技术。书中描写了一个奇拉科学家们试验反重力装置的场景：

> 超致密液体……在管道里绕圈，速度不断加快。泵提供的加速度非常可观，一毫秒工夫，致密液体的速度就接近了光速。不过奇拉的生命同样是快速运转的，一毫秒够他们不慌不忙地完成实验了。
>
> 超流体完全可以想象出因液体流动而产生的重力场，所以当机器中央的地壳向上升起、飘出去时，他一点也不觉得吃惊。爱因斯坦场稳定下来，开始抵消中子星六百七十亿g的重力场。很快，他们眼前就出现了一个接近一厘米深的大凹陷。……没过多久，那块地壳就几乎恢复了原貌。但在那块地壳上方，在机器的中央，大气发生了扭曲。
>
> "为什么我们能看见那片区域呢？"氦二问，"那肯定不是强重力场引起的时空扭曲。那里的重力比我们这里要小。"
>
> "不，"超流体完全被眼前的景象折服了，"原因比那要实际得多。低重力区域之所以能看见，是因为那里没有大气。大气全都流到外缘去了。你面前飘浮着一块椭圆形的外太空。你所看到的，是真空与大气折射率之间的差异。"

这一段内容可以给我们两个启发。第一，如何构建一种不存在的技术。反重力装置目前当然是不存在的，但作者描写得栩栩如生。从书中的设定来看，其技术原理是将带电的超流液体加速到接近光速，从而在局部位置产生极强的电磁场，进而产生反重力场。这个设定得到真实的实验确认了吗？并没有，所以确切来说，它并非真正的科学。但它是作者凭空想出来的吗？那倒也不是。早在 1974 年，苏联的物理学家 Grishchuk 和 Sazhin 就从理论上提出，利用定域在环形腔内变化着的强电磁场，可以在环形腔的中心处产生一个引力波所形成的驻波，并使局部的时空发生扭曲。[1] 此外还有一些研究者宣称在其实验中发现了旋转的超导或超流体产生的反重力效应，[2] 但这些论文大多发表在预印本网站或一些影响较小的平台上，其结果也并没能够被其他人所重复，因此并没有得到科学界的公认。这告诉我们，科幻小说的设定应该有一定科学基础，但并不需要完全符合现有的科学认知。我们大可以从那些目前尚未形成定论的领域入手，将其改造为自己的科幻设定。第二，如何描写一种不存在的技术。除了对其运作方式进行描述外，最主要的其实是想象它所带来的感官效应。比如其运行时会产生什么样的景象、发出什么声音等，这些才能给读者带来直观的感受。在这

---

[1] Grishchuk L P and Sazhin M V, "Emission of Gravitational Waves by an Electromagnetic Cavity," *Soviet Physics JETP*, vol. 38, no. 2, 1974, pp. 215–221.

[2] Tajmar M, Plesescu F, Seifert B, et al, "Measurement of Gravitomagnetic and Acceleration Fields Around Rotating Superconductors," *AIP Conference Proceedings*, vol. 880, no. 1, 2007, pp. 1071–1082.

段文字里，作者设想了一种很巧妙地呈现反重力区域的方式：低重力区域和周围区域的大气密度不同，从而产生可感知的光学边界。这种呈现方式，在我看来，比在该区域放一块因失重而悬浮的物体，显然更加高明。

4.2 数字谜题设计

由于涉及一些需要解释的科学设定，科幻小说里常常会出现一些科学家的角色。虽然在部分作品里，他们是作为疯狂的技术狂人出现，在幕后策划着不可告人的邪恶之事，但在中国的大部分科幻作品里，他们的形象大致还是正面的，或者说是功能性的。在很多科幻小说里，科学家更像一个科学纪录片的解说员，滔滔不绝地向读者说着一堆高深莫测的理论和概念，完全不管读者是不是感兴趣。这样做的确有其苦衷，因为科幻小说有交代设定的需求，但高明的作者总是有更好的处理方法。

一些作者会把复杂的设定拆分成若干小的部分，让它们在故事进程的不同位置逐一出现，这样读者接受起来会更容易。其实，还有一种方法，就是让读者模拟科学探索的过程，自行去发现这个世界的真相。故事的主人公可能有一定的科学素养，但往往并不是什么大科学家。在他的带领下，读者跟随其视角去发现各种线索，并最终将线索拼凑在一起。

线索的种类很多，可以是一些偶然发现的异常现象，可以是在图书馆某个偏僻角落发现的文献资料，也可以是主动开展实验得到的结果。在这类作品里，我最喜欢的做法就是给读者留下一些确切的数字，有心的读者完全可以通过这些数字自行推测出背后的真相。事实上，这正是科学研究的过程。科学家们也正是从各种各样的数据中，总结和抽象出那些直观的概念和科学理论的。比如我在小说《单孔衍射》里给出了一系列时间机器的实验数据，这些数据都与同一个时间点等距，其实这就是隐藏其中的"时间壁垒"这个最关键的设定。

如何在作品中给主人公或读者留下足够的数字线索，让其可以发现世界的真相，而又不至于因枯燥数字的引入让读者感到厌烦呢？有两个关键的原则，一是数字元素要少，二是规则要自然、简单。说起来很容易，但想要在满足这两个原则的基础上呈现出具有悬疑感的谜题，却并非易事。接下来我想结合科幻电影《异次元杀阵》（*Cube*）中的数字谜题设计，来谈谈此类设定的构造思路。

在电影一开始，人们从一个类似魔方的空间中醒来。在探索的过程中，他们逐渐发现此地危机四伏。很多房间是危险的死地。在这些房间的墙壁里隐藏着运动感应器、化学分子感应器、声控感应器等多种感应装置，一旦有人进入，则会触发机关，通过钢网切割、火焰、毒液喷射等方式将其杀死。每个房间都有一个房间号，那是一组由三个三位数组成的数组。人们发现通过这些数字似乎可以判断哪些房间有危险。后来他们又发现，这个庞大魔方中的每个房间，每隔一段时间就会移动，而移动的方式同样隐藏在这些数组中。至此，探索逃生就转变为了数字解谜。显然，在这类作品中，如何构建一个精巧的谜题是极为重要的，也是作品能否成功的关键。

首先，对每个房间采用三组数字进行标记是很恰当的。在三维空间中用三个坐标，简单明了。这并不是唯一的选择，比如我们如果采用某种特定的迂回轨迹让其贯穿整个魔方中的每个房间，那只需要一个坐标就可以标记出所有的房间了，但这种标记方式并不自然，而且如何让主人公发现这种编号规则也颇费脑筋，不如就采用最直观的三维坐标。

在电影的大型魔方里，长、宽、高三个方向上都各有 26 个房间。这样看来，只需要用三组两位数作为坐标数字就行了，而且每个数字都不会超过 26。如果我们把坐标原点放在魔方中央，则每个数字都在 −13 和 13 之间。但这样一来，数字的意义就太过明显，悬疑性不够。在电影中，采用了将三位数的数字之和与直角坐标系的坐标轴对应的方法，例如数字 372，对应的坐标为 3+7+2 = 12。电影里把它叫作笛卡儿坐标系，这是它虚构的。在真实的科学体系中，笛卡儿坐标系是直角坐标系和斜角坐标系的统称，两者间并不存在这种坐标转换规则。但这个规则是如此简单，观众很容易就能接受，况且，这样做还有更多的好处。

好处之一就是，我们可以有更多的备选数字来标记房间是否危险。标记的本质就是要在数字中找出一类具有某种特质的子集，比如偶数、奇数、能被3整除的数、尾数为7的数等，用它们来作为危险房间的编码号。但以上提到的这些子集，判断起来都太过容易，不符合故事的需要。对自然数的分类，用得最多的、人们最熟悉的，一般有两套体系，一是奇数–偶数，二是质数–合数。所以很自然地，在前者太过简单的情况下，电影采用了第二套体系。这也就体现出了三位数坐标的好处，因为如果采用两位数坐标的话，质数的数量极其有限，而且很容易就能判断出来，这就与故事后期的走向相悖了。当然，还有一些别的选择，比如说完全数①、平方数等，但这些数字要么总量过少，要么对观众而言更陌生，并不是太好的选择。

在故事的早期，主人公以为是直接通过质数来标记危险房间，但后面发现了反例，最后才知道是通过质因数的个数来标记的——那些质因数的个数为1的房间就是危险房间。一个质数，比如107，只有一个质因数，也就是它自己，所以自然就是危险房间，这也就是主人公在前期之所以会产生误解的原因。而一些合数，比如343，虽然等于7乘以49，但其质因数其实只有一个7，所以它仍然是危险房间。这一设定虽然让规则略微复杂了一些，但也并没有超出观众的理解范围，同时它却让危机判断的过程出现了波折，增强了设定和故事的悬疑性，总体来看是值得的。

---

① 又称完美数或完备数，是一些特殊的自然数。它所有的真因子（即除了自身以外的约数）的和，恰好等于它本身。

好处之二是，通过三位数的数组，可以更方便地将每个房间的移动轨迹囊括其中。通过房间编码推算出它的移动轨迹，可以赋予这个数组更丰富的意涵，增加设定的层次，也可以更好地支撑故事的发展。事实上，在电影后期，主人公通过推算房间的运动轨迹，预测了下一次"桥"到来的时间，是后期最关键的情节之一。那么如何做到这一点呢？从数学本质上来看，它就是要建立一套规则，从一个初始的坐标位置（1-26 的某个数字）出发，衍生出一系列坐标数字（中途的位置），并最终回到原来的数字（初始位置）。电影的设计是这样的：如果房间的某个初始编码为 abc，或者说其在某个方向上的初始坐标为 a+b+c，那么其先后停留位置的相应方向的坐标依次为 2a+c，2a+b，a+b+c。可以看到，在第三次移动后，该房间就回到了原点。为什么是这样呢？其实很简单，就是在原来坐标的基础上，依次加上了 a-b，b-c 和 c-a 三个数。如表 4-2 所示。

表 4-2　房间的移动规则

当前位置	移动矢量	移动后位置
a+b+c	a-b	2a+c
2a+c	b-c	2a+b
2a+b	c-a	a+b+c

也就是说，基于本来的三位数 abc，构建了一系列移动矢量，这些矢量之和为零（a-b+b-c+c-a=0）。因此，每个方向的坐标都按照这样的方式进行移动，那么三次移动之后，每个

坐标都会变成原来的数字，房间得以回到原点。

可以看到，通过一个简单的三位数字，不仅可以判断出房间是否有危险，而且可以从中计算出房间的初始位置，甚至推算出它的循环运动轨迹，足见其设计之精巧。正是这一看似简单的线索，成为主人公逃脱困境的关键。

回头参照我们之前提到的两个原则：在元素数量的引入上，电影始终围绕着房间号这一仅有的元素做文章，利用率极高；在规则的设计上，尽量选择观众熟悉的、较为大众化的规则，这让其显得自然而合理。总体而言，该作品在设计数字谜题时的思路，值得我们在做类似设定时学习和参考。

4.3　社会响应建构

在我们所建构的世界里，某种普遍使用的新技术是如何改变人们的生活，进而重新塑造整个社会的形态，是一个需要进行仔细推演的过程。这并不容易，某种程度上比自然环境的设定更加困难。因为人类社会是一个通过各种关系有机联系起来的复杂网络，其复杂和灵活的程度甚至超过了科学设定间的关联网络。同时，它又需要作者走进生活，熟悉整个社会的运作机制和人们的生活状态、情感关切、行为模式等，这些恰恰是很多年轻的科幻作家所缺乏的。

一般而言，对于某种新技术在社会上会激发何种响应，我们至少可以从六个方面来考虑。

第一是从该技术的原理机制出发，讨论其可能会造成何种效应。重点应该从技术的局限性、稳定性和风险性等方面进行考虑。比如通过同步轨道上布置的光帆反射阳光来进行太阳能发电，那么光帆、地球和太阳的相对位置要如何调整，是否有可能造成某些时候反而遮挡了阳光的情形呢？它要如何防御陨石和太空垃圾呢？这种装置有没有什么固有的缺陷（比如光帆材料易老化），从而造成重大的故障呢？

第二是考虑该技术对我们的物质世界会产生什么影响，比如说太阳光帆会不会影响地球的局部气温，进而影响全球的生态环境呢？有时候，某种技术甚至会对我们这个宇宙造成严重而不可逆转的影响。比如在刘慈欣的《三体》中，外星人的曲率驱动飞船会在空间中留下航迹；阿西莫夫的《神们自己》里，"电子通道"会导致太阳爆炸、地球灭亡等。

第三是考虑该技术在社会管理、科学研究等公共领域有可能发挥的作用，及其伴生的负面效应。比如大数据和人脸识别摄像头，现在已经广泛运用在社会管理中，但它也带来隐私泄露等风险。再往前推演一点，它完全可以改变整个社会治理的方式，张冉的《以太》就是一个这样的例子。在科研领域，从社会上搜集到的大量数据则让定量的社会计算成为迅速发展的学科，以后会不会真的形成《基地》中所描写的"心理史学"呢？

第四是聚焦该技术的商业运用。比如，它有哪些可能的商业前景，它在推广过程中会不会受到来自社会的阻力，它的商用过程分为哪几个阶段，等等。这类作品中经常涉及的元素包括传媒广告、精准营销、商业竞争、寡头垄断等。这个过程中需要把技术的功用和大众的需求联系起来，尽量发散思维，开拓出更多样化的商业模式。

第五个方面，我们要重点分析人们将如何使用这项技术。很多时候，技术的使用者们会打破常规，发掘出设备提供方所不曾想到的用途，一些很私密的用途，或者将其用于犯罪。比如植入人体的心脏起搏器，曾经有黑客爆出其漏洞，声称可以遥控其释放高压电来杀人。任何一种技术都面临这样的处境，你永远无法控制人们如何使用它。

最后我们将要考虑的是该技术给人们心理上带来的影响。我们的生活被林林总总的产品包围着，所见所闻都是各种现代技术生成的信息。在这种环境中，人们的心理和生活状态就不可避免地会被身边的技术造物所影响，或烦恼，或喜悦，或痴迷。互联网刚问世的时候，大概很少有人能想到几十年后人们会因此变得越来越喜欢宅在家里。科幻作家应该要训练这样的预见能力。

接下来，我们将以特德·姜的小说《焦虑是自由引起的眩晕》为例，来具体展示一种新的技术是如何在社会层面引起层层涟漪，进而改变了人们的心态和行为的。这篇小说虚构了一个名为"棱镜"的装置，它的功能是让人们可以与不同的平行宇宙通信。在小说里，对其物理机制是这样描述的：

> 每台棱镜（Prism）——这个名字接近原始名称"普雷加平行世界通信仪"的首字母缩写——有两个发光二极管指示灯，一个红色，一个蓝色。当一台棱镜被激活，设备内部进行量子测量，产生两种概率相同的可能结果，一种结果通过亮起的红色发光二极管指示，另一种结果通过亮起的蓝色发光二极管指示。从那一刻开始，棱镜允许信息在泛波函数的两个分支间传输。通俗点说，棱镜产生了两条分叉的时间线，一条时间线中红色发光二极管亮起，另一条时间线中蓝色发光二极管亮起，棱镜允许我们在两条时间线间通信。
>
> 棱镜使用由磁阱隔离的离子阵列交换信息，当棱镜被激活，泛波函数分成两支，这些离子仍处在相干叠加态，仿佛在刀刃上获得平衡，跟每个分支都能通信。每个离子可用于从一个分支向另一个传输 1 比特信息，要么是 0，要么是 1。读取 0/1 的操作会引起离子退相干，永久性地把它从刀刃上撞向一侧，传输下一位信息需要另一个离子。你可以用离子阵列传输按文本编码的一系列比特，如果离子阵列足够长，你可以传输图片、声音，甚至视频。

不出意外，其原理中用到了量子测量，这正是平行宇宙这个概念被提出来的主要原因。通过量子测量，产生了不同的平行宇宙，而它们之间的通信则借助于处于相干叠加态的离子阵列。从这个物理机制来看，可以说是中规中矩，并没有引入跳脱于现有科学体系的古怪概念，这是正确的选择。这种机制也顺理成章地导出了其两个固有的缺陷：一是不能重复使用，因为退相干的操作是不可逆的；二是其通信容量有限，这是由其中离子阵列的数量来决定的。在小说里，这些缺陷与装置的使用方式紧密联系了起来，比如人们在使用过程中不得不想办法节省流量，而且用得越少的装置越值钱。

那么这种装置会对物质世界产生何种影响呢？表面看来，影响微乎其微，因为量子测量最多只会影响一些微观粒子的状态，似乎很难和日常的宏观世界联系起来。但其实不然，作者这样解释了其对现实世界的影响机理：

> 空气分子间的碰撞同样具有不确定性，可以被一米外原子的引力效应所影响。因此，即使棱镜的内部与外部环境隔离，被激活时发生量子测量的结果仍然能影响外部世界，决定两个氧气分子是相互撞击还是擦肩而过。不是任何人刻意而为，但激活棱镜必然对生成的两个分支产生不同的影响。差异起初感觉不到，只是分子热运动层面的区别。可是如果空气急剧流通，

大约一分钟之后，微观层面的扰动就会扩展到宏观层面，导致直径一厘米的气旋。

对于小规模的大气现象，扰动的影响每小时扩大一倍，就预测而言，那意味着初始大气测量中一米的误差，会导致第二天的预测结果偏离一公里。在更大范畴上，误差增长被地形变化和大气分层等因素延缓，但不会停止，最后公里级的误差会扩大到几百或几千公里。……天气预测中的误差增长，等同于棱镜不同分支间天气的差异。初始的扰动就是棱镜激活时氧分子碰撞的差异，一个月后全球天气就会变得大相径庭。

看上去类似蝴蝶效应，但这次源头并非蝴蝶的翅膀，而是棱镜激活时的量子测量行为。从分子热运动的层面逐渐扩大到全球气候，两个平行宇宙间的差异逐渐显现出来。气候的差异会进一步影响人类活动，比如影响某个面试官当天的心情，让两个宇宙中的面试者一个被录取，而另一个则被拒绝。又比如，它会影响人类的受精过程，"即使在两个分支里性交过程所在的外部环境看似相同，只要存在一个无法感知的微小差异，就会导致不同的精子使卵子受精"。因此，即便一对夫妻在某个宇宙中生下了一个男孩，在另一个平行宇宙里的他们却可能生下的是女孩，甚至双胞胎。

在公共管理领域，棱镜使用不多，平行宇宙间的政府部门基本上都是独立运作的。联邦航空管理局曾在一次客机坠毁事故后向平行宇宙的同部门通报了情况,后者禁飞了该型号的飞机。因为问题出在飞机的液压系统上,不同宇宙的该型号飞机具有相同的问题,这样便避免了更多事故的发生。但更多的时候棱镜起不到什么作用,因为大部分事故都是人为失误造成的,而这些失误在不同宇宙中都各不相同。在自然灾害预警上也用处不大,"一条时间线上有飓风无法证明另一条时间线上也有飓风发生的可能;而地震在每条时间线上都会同时发生,所以提前预警也是不可能的"。

科研方面,主要是社会学者用它来研究历史变迁的机制。"研究者对比不同时间线上的头条新闻,寻找差异再调查成因……他们寻找典型的'因为少了一颗钉,最后亡了国家'的情况,其中的波澜逐步升级,但是背后的缘由都可以理解。但最后,他们发现的是其他一些微小差异,与他们最初发现的差异没有关联。"可见,面对人类社会这种复杂系统,即使有棱镜这种神器,想彻底明白其中机理也并不容易。

棱镜的商业前景是显而易见的。在小说里,这一装置在商用推广的过程中基本上可以分为三个阶段。最早的时候是门店服务阶段,那时候装置的造价还很昂贵,个人很难买得起,于是只能在大公司开设的棱镜门店里消费。这有点像早期的网吧。那时候人们大多是出于好奇和平行宇宙中的自己进行交流,应用模式还比较单一。第二个阶段,随着越来越多的棱镜被生产出来，代理商们开发出了更多样化的服务类型，比如数据代理服务。

一种新型的数据代理出现了：企业同平行世界中的对应实体交换当前时间的新闻，再把信息卖给订阅者。体育新闻和名人八卦最容易销售，跟偶像在当前时间线的行为一样，人们常常对他们在平行宇宙的行为也很感兴趣。体育发烧友从多条时间线上搜集信息，争论哪支队伍的总体表现最佳，以及这是否比他们在单一时间线上的表现更重要。读者对比不同时间线上发表的不同小说版本，结果平行自我创作的小说成了作者本人要面对的盗版书竞争。随着棱镜的数据簿越来越大，同样的事情开始在音乐和影视领域接连发生。

又比如个人搜索服务：各个宇宙间的棱镜公司协同合作，寻找满足客户需要的目标信息。比如痛失所爱的那些人，通常想要找到一条时间线，在那里他们的爱人仍然活着并可以与自己交流，或仅仅关注对方在社交媒体上发布的最新信息以免打扰对方的生活。但平行宇宙间是无法进行转账的，因此这些合作的公司只能寄望于"随着时间的推移，这项业务将让每一家公司都获益"。

第三个阶段，棱镜的造价降低到个人可以负担的程度，于是制造商开始寻找把棱镜直接卖给消费者的契机。比如,"他们以新手父母为目标客户,鼓励他们立即购买、激活,然后存放到孩子成年,到那时孩子就能看见自己的生命以另外的方式演绎"。

接下来,我们将目光聚焦于个人,看看人们都是如何使用棱镜的,或者说它是如何影响并塑造了人类的行为。大部分人通过棱镜与平行宇宙的自我进行交流,动机各不相同,并因此给自己的内心带来了差异巨大的影响,这部分我们留待稍后再具体陈述。一些人并不止步于交流,而是与不同的自我进行分工合作,将一个任务分割成不同的部分,每个人做一部分,最后分享并整合成果,以便提高产出。一些人会试图模仿平行自我的行为,比如去寻找那个和平行自我交往的女友。当然,免不了会有人借此从事犯罪活动,比如以"跨宇宙转账"为借口,向他人诈骗钱财。说到犯罪,有数据表明棱镜出现后激情犯罪的数量增加了,原因何在呢?因为棱镜打开了不同世界的大门,有些时候"听说别人在做,就产生了想法"。

最后来看看棱镜对使用者的心理造成的影响,这部分我认为是该小说在社会响应的建构中最精彩的。作者设想了很多不同的使用动机,并细致入微地对其影响进行了深入的剖析。在故事的一开始,就有一个女子想要通过棱镜找到某个自己与安德鲁结婚的宇宙,因为在自己所在的宇宙中,安德鲁曾向自己求婚并遭到了拒绝。近期,安德鲁与别人走入了婚姻殿堂,而这位女子似乎突然有点后悔了。所以，她希望看到的是，"有一个版本的我同意嫁给安德鲁然后又离婚，因为他跟我不合适。我害怕看到一个版本的我跟他结婚，幸福美满"。这是一种夹杂了自我怀疑和轻微嫉妒的微妙情绪，在呈现棱镜对人们心理的影响上，是一个很巧妙的事例。

除此之外，还有因平行自我升职或发财而心生嫉妒之人，有因选择困难而把棱镜当骰子用的人，有卸下一切防备和平行自我推心置腹的人，有利用平行自我的正常行为为自己开脱的人，也有频繁使用棱镜而日益成瘾之人。有人因棱镜的出现而陷入身份危机之中，因为自我意识不再是世间独有的了，无数个平行世界破坏了自我意识的唯一性。他们特地"购买多台棱镜，试图让所有的平行自我都保持同步"，但显然是徒劳的。有人则陷入道德危机之中，认为所有的选择和行为都毫无意义，因为每个选择的意义都会被某个宇宙中做出反向选择的分支所抵消。他们觉得，"棱镜消除了他们行为的道德内涵"。有人因使用棱镜而陷入深深的自责之中，因为她的侄女入学面试被拒，而在棱镜启用后的平行世界中，那个侄女却被学校录取了，她认为正是自己激活棱镜的行为导致了侄女的落选。但事情并非如此简单，这完全有可能是"两个分支里天气不同造成的随机结果"。

贯穿了整个小说的案例，则展现了棱镜对内心的救赎。丹娜因中学时所做的一件错事，而对同学文妮莎一直身怀愧疚。

她觉得文妮莎之后的一切不幸，都是自己那次错事所带来的，因此一直在持续资助文妮莎，即使明知后者在利用自己的这种心理。一位得知此事的朋友，搜集了大量的棱镜，向丹娜展示了一个个出乎意料的图景。在不同的宇宙中，丹娜在那件事发生的时刻，做出了或对或错的不同选择，然而在所有的宇宙里，文妮莎最后都走向了悲剧性的人生。"如果在你行为各不相同的分支里都产生了同样的结果，那么起因就不在于你。"通过这样的方式，丹娜内心的沉重压力终于得到了释放。

这篇小说并没有让人叹为观止的物理奇观，也没有惊险刺激或悬念丛生的故事，它只是非常纯粹和深入地探讨了"棱镜"这种装置给人类社会所带来的影响，其社会层面的设定是非常全面和丰富的。分析这篇小说的设定路径，相信可以给我们的创作带来一定的启发。

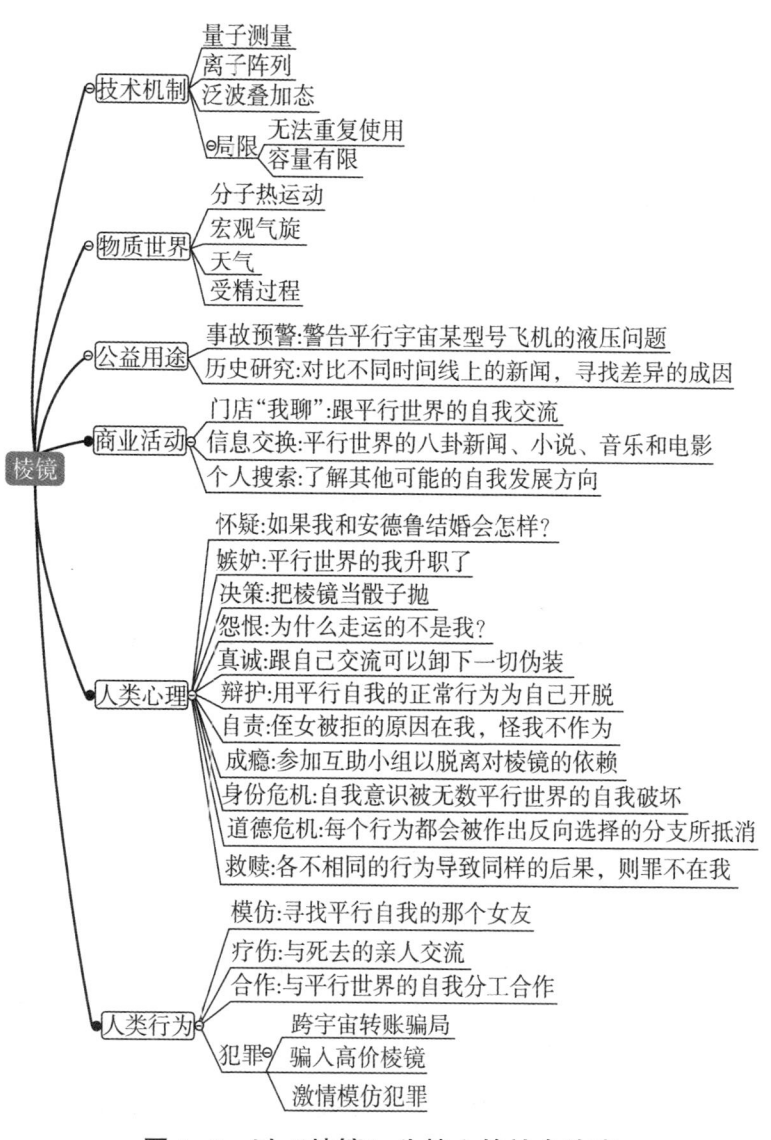

```
棱镜
├─ 技术机制
│   ├─ 量子测量
│   ├─ 离子阵列
│   ├─ 泛波叠加态
│   └─ 局限
│       ├─ 无法重复使用
│       └─ 容量有限
├─ 物质世界
│   ├─ 分子热运动
│   ├─ 宏观气旋
│   ├─ 天气
│   └─ 受精过程
├─ 公益用途
│   ├─ 事故预警:警告平行宇宙某型号飞机的液压问题
│   └─ 历史研究:对比不同时间线上的新闻,寻找差异的成因
├─ 商业活动
│   ├─ 门店"我聊":跟平行世界的自我交流
│   ├─ 信息交换:平行世界的八卦新闻、小说、音乐和电影
│   └─ 个人搜索:了解其他可能的自我发展方向
├─ 人类心理
│   ├─ 怀疑:如果我和安德鲁结婚会怎样?
│   ├─ 嫉妒:平行世界的我升职了
│   ├─ 决策:把棱镜当骰子抛
│   ├─ 怨恨:为什么走运的不是我?
│   ├─ 真诚:跟自己交流可以卸下一切伪装
│   ├─ 辩护:用平行自我的正常行为为自己开脱
│   ├─ 自责:侄女被拒的原因在我,怪我不作为
│   ├─ 成瘾:参加互助小组以脱离对棱镜的依赖
│   ├─ 身份危机:自我意识被无数平行世界的自我破坏
│   ├─ 道德危机:每个行为都会被作出反向选择的分支所抵消
│   └─ 救赎:各不相同的行为导致同样的后果,则罪不在我
└─ 人类行为
    ├─ 模仿:寻找平行自我的那个女友
    ├─ 疗伤:与死去的亲人交流
    ├─ 合作:与平行世界的自我分工合作
    └─ 犯罪
        ├─ 跨宇宙转账骗局
        ├─ 骗入高价棱镜
        └─ 激情模仿犯罪
```

图 4-2 以 "棱镜" 为核心的社会响应

4.4 世界建构练习

世界建构同样需要练习。我们在创意激发环节曾做过瞬间传输的思维练习（见本书2.2.2节），在那时，我们注重的是思维的创新性。在本章的学习过程中，我们更需要注重的是设定的完备性。因此，我们将这一练习改进一下，作为一个世界建构的练习示例。

> ●课堂活动：世界建构练习
>
> 通过人工制造的小型虫洞实现瞬间传输的技术已经成熟并逐步应用在了社会的各个方面。请设想一下，在这一技术的普及应用过程中，世界和人类社会将发生何种变化。
>
> 从以下六个方面对该技术的发展和影响进行设想：
>
> （1）在社会管理层面的影响；
>
> （2）商业应用；
>
> （3）军事应用；
>
> （4）对个人行为的影响；
>
> （5）犯罪及其应对措施；
>
> （6）对个人心理和社会文化的影响。

附：建构范例

虫洞传输技术的发明和普及深刻地影响了这个世界，重塑了人类社会的行为、理念和法律规范。以下从六个方面详细阐述这一技术的影响。

(1) 在社会管理层面的影响

传输技术在应用初期,政府沿用了对传统交通系统的管理模式,即每次传送都需要进行实名制购票,并在政府建设备案的传送站进行传输。传送站类似于一个封闭的电话亭,初期主要分布在城市周边,后来逐渐扩散到乡村地区。人们从一个传送站进入虫洞通道,再从另一个传送站出来,两者之间的虫洞是稳定存在的,在人们的精心维护下得以重复使用。起点和终点均在国内的线路并没有太多管控,但跨国的传输线路仍然需要办理护照和签证。在中国,对传送站的管理主要由"空间传送局"负责,那是交通运输部的一个下属机构。

随着虫洞生成技术的飞速进步,一段时间后,一次性虫洞逐渐发展并成熟起来。它只需要一个在出发点的传送站,设定目标地点后,便可以在两地之间生成一个短时间存在的一次性虫洞。其最大的优势是,目标区域不需要有预先建好的传送站,因此人们可以更为自由地传送到任何他们想要去的地方。但这一技术随即产生了众多社会问题,包括利用传送私闯民宅、进入银行金库盗窃、操作失误传送到大海中淹死等。中国政府一开始是采取禁用这一技术的方式来应对,但国外很多政府并没有这样做,因此每天都有大量外国人传送到中国,问题并没有得到解决。本质上,这是一个国际性的问题,任何国家都无法独自解决,因为有了一次性虫洞后,所有的国界都失去了意义。

不久后，在联合国相关机构的协调下，世界各国签署了一份国际传输协议来规范这一技术的使用。所有的传送站，在进行传送操作前，都需要对目标区域进行联网核准，在确定目标区域的合法性和安全性后，才会被授权生成虫洞。跨国界的传输则需要终点处的国家来审核批准。

随着瞬间传输的普及，传统的交通工具逐渐被人们抛弃，汽车、火车和飞机都变成了观光体验项目，只有极少的一部分保留在了旅游区和博物馆内。因此，交通运输部最终被裁撤，而空间传送局却显得日益重要，最终接替了前者的位置，成为空间传输部。在其控制中心里，每秒钟都会收到各地传送站提交的数千万次的传送申请，他们需要使用极其高效的算法对这些申请进行审批，不容出错。

随着技术的进步，传送站逐渐小型化，从一个体积为电话亭大小的装置，逐渐变薄，几乎每隔两年，其厚度就会缩小为原来的一半，这被称为"传送站的摩尔定律"。二十年后，它变成了一扇门的模样，彻底轻薄化了。但这并不是终点，又过了十几年，这扇门变成了一个柔性的卷轴，可以像画一样卷起来，随身携带。至此，瞬间传输真正地进入了随心所欲的阶段。不仅目的地可以自由选择，现在连出发点也自由了。带着传送卷轴，无论在哪里，只要打开卷轴，就可以进行传送。唯一的问题是，人传送离开之后，卷轴仍然留在原地，因此通常还是需要有其他人来回收留下的卷轴，因此共享卷轴业务一度兴起。

当然，审核还是需要的。由于传送卷轴的普及，传送的需求开始指数级地增加，人们甚至连从客厅到卧室都懒得走路而要借助传送。前所未有的数据像洪水一样涌入空间传输部的控制中心，等待审核和批准。

（2）在商业层面上的应用

传送技术出现后，理所当然地被首先用到了交通运输领域。在最开始，是中科院下属的高能物理所试制了几台试验机，从物品运输到动物实验，一年后才进入人体传送实验的阶段。技术成熟后国家成立了一家国有企业来运营这一项目，开始大规模建设传送站。十几年后才放开了管制，允许民营资本进入这个领域。最开始的传送价格很贵，因为虫洞的开启需要使用一种奇特的"负能物质"，其生产代价很高，因此这一阶段的使用者并不多。但随着技术的进步，负能物质的生产成本迅速降低，于是，在激烈的市场竞争中，各大传送企业纷纷降低了价格，瞬间传送进入普罗大众的日常生活之中。

中国最大的三家传送企业，其一是中国国家传送集团，这是一家国企，前身是中国国家铁路集团有限公司；其二是东南传输有限公司，其前身只是一家小型的航空公司，但在传送时代迅速抓住了商机，从而成长为国内市场占比第二的大型传送集团；其三是小米闪传，其前身是一家通信设备和电动汽车的制造企业。毫无疑问，在新的时代里，铁路、航空和汽车制造行业全都没落了。通信行业虽然还在苦苦坚持，但市场也缩小了很多，因为既然可以方便地传送，很多人就直接选择了面对面的交流，远程通信的需求便随之缩减。

人们在住房选择中的自由度大大提高了。房子的位置优势已经毫无意义，住在昂贵的城区和偏僻的乡下，几乎没有任何区别。一线城市的房价出现了灾难性地崩塌，房地产企业纷纷破产。不过几年时间，各个地区的房价几乎拉平，也就是所谓的"房价液化"。而在传送站小型化后，住房本身的形态也出现了戏剧性的转变。一批去中心化的新型房产被地产公司推出，在这种房产中，客厅、卧室、厨房等各种功能区不再紧密相连，甚至可以相隔万里。一种很受欢迎的分布是，客厅位于大城市的商业区，卧室位于风景秀丽的度假区，而餐厅则位于美食之都四川成都。

地理测绘公司纷纷冒了出来，主要业务便是围绕着房产而开展的。每一栋住宅，不管是新建的还是原有的，都需要通过这些公司绘制出房屋的边界框架，并将其精确位置上传到国家空间传送局的数据库中，以便其审核传送申请时调用。一般而言，这些上传备案的私人领域是不允许作为传送终点的，其主人可以设置一个访问密码，只有输入密码后，传送申请才会被允许。后期则基本采用指纹或瞳孔识别的方式，来判断是否允许该次的传送申请。值得注意的是，所有的位置数值都需要定期进行重新测定，因为各种地质活动——如大陆板块的漂移、地震等——都会让各类不动产的位置逐渐偏离原本的数值。人们一般每年预约测绘公司测定一次。除此以外，需要付费进入的娱乐场所和旅游区、禁止公众进入的科研单位、工厂和军营等地，也需要频繁更新自己的位置数据。这些都是测绘公司得以存在的需求市场。

医疗变得更为方便，不仅在于人们可以在病发后迅速就诊，更重要的是，医疗的手段得到了极大的丰富。原本需要进行的痛苦的侵入式治疗，被传送疗法所取代。做手术不再需要切开皮肤和肌肉，直接将微创器具传送到病灶位置，然后通过遥控进行手术即可。病理检查也极为方便，将米粒大小的观测仪器传送到体内，什么都可以看得清清楚楚。对癌症的靶向治疗变得更加精准，可以将药物直接传送到病变部位，传统的化疗和放疗基本被弃用。这一装置同样可以用来进行无创输血。随着传送装置的小型化，后来人们甚至可以将一个直径小于1厘米的传送卷轴植入人体的主动脉血管中，其目标位置是位于体外的一个透析器，透析完毕后再将血液重新传输进体内，从而极大地方便了需要进行频繁透析的患者。

进入太空的活动不再受到重力的束缚，人类的活动范围飞快地扩展到了太阳系的多个行星和卫星上。传送距离与成本之间并不是简单的线性关系，事实上，在整个太阳系的范围内进行传送，成本基本上没有太大差别。但跨星系的传送仍然成本高昂，同时技术上也并未成熟。太阳基本上变成了地球的垃圾场，大部分垃圾都被直接传送到太阳的内部，重新转化为光和热辐射出来。各星球上的矿产或水资源则被源源不断地运回了地球。一小部分人开始在火星等外星球居住和工作，他们主要是矿产公司的设备维护人员，但并不是长住，只有工作时间在外星，晚上一般还是回到地球休息。

星际旅游活动也逐渐形成了新的热潮。人们在金星浓密的大气层中，乘着氦气飞艇观赏黄色的硫酸云、由硫的金属化合物等矿物质凝结而成的"金属雪"，以及频繁出现的闪电。在火星上，人们最常去的地方是北极冰盖、奥林匹斯山和水手峡谷。此外，月球上的风暴洋、木星大红斑和土星环也是较为热门的旅游地。

（3）在军事活动中的应用

虽然名义上每台传送装置都需要向空间传送局发送申请才能启动，但其实每个国家都有一小部分传送装置并未受到这些约束，它们大部分都属于军方。在传送站还处于试验阶段时，军方就已经介入，并做了一系列对敌方目标进行远程摧毁的实验。某一天，在公海上停留的一艘作为目标靶舰的退役战舰突然爆炸，并迅速沉入海底。自此以后，军方迅速认识到，所有的导弹发射系统都无法和瞬间传输相提并论。不管是在发射距离还是精度上，后者都远超前者，而且几乎无法被拦截。于是，传统的武器投射系统都迅速被瞬间传送系统所替代，在这种新的武器面前，所有的敌方战舰、战车和基地，都变成了笨重的靶子，随时可以轻易地摧毁。即使让它们移动起来，使其位置处于时刻变动之中，但因为其运动速度较低，路径很容易预测，因此攻击命中的难度仍然不大。战斗机的命中稍微难一些，因为它具有更高的速度和机动性能，但如果传输一些影响范围较大的爆炸武器，摧毁战机的概率还是很高的。

事实上，任何大型的作战装备都面临同样的问题。相反，那些小型的无人机却更有可能逃脱这种传送系统的打击。因此，各国取消了所有的大型舰艇和战机的制造计划，转而去研制体形更小的、更灵活的武器系统，例如由数万个蜜蜂大小的无人机所组成的"蜂群系统"。

大国之间从来没有在战争中使用过传送系统，它更像是一种威慑性的战略存在，但在一些大国和小国的局部战争中，曾经有将传送系统用于实战的记录。在一场大国对中东国家的战斗中，大国军方不仅用传送系统向敌方阵地精准投送了大量炸弹，而且投入了大量陆军部队。这些部队在传送卷轴的帮助下，像幽灵般在战场的各处神出鬼没，完成任务后第一时间便回到了本土，无一伤亡。每支小队在传送时都会轮流进行，后一人负责回收前面一人的卷轴，等到最后一人传送后，剩下一支卷轴无人回收，因此它通常会在传送完成后被遥控自爆，以免落入敌方手中。

对于大国来说，其生产负能物质的工厂是所有军事基地中最重要的。因为一旦失去了负能物质的生产能力，瞬间传输就无以为继了。因此，所有的这类工厂都处于最高的保密等级之下，它们通常也并不位于地球，而是选择建在某个偏僻的小行星上。但即便如此，也无法完全保证它不会受到敌方的突然打击。因此，一个大国通常会建立数十个这样的工厂，并在其周围建立一个庞大的瞬间传输网，以便随时可以将整个工厂转移到别的地方去。

（4）对个人行为的影响

人们以各自不同的方式使用着传送卷轴，其带来的效果有时候甚至截然相反。对于大部分人来说，其运动量都显著减小了，但小部分人却利用卷轴开发出了一些可以在小范围空间中进行健身运动的方法。例如，在房间的墙壁上悬挂一个传送卷轴，将其目标位置设置于对面的墙壁上，于是他可以在一个小房间里跑步，每次跑过墙壁上的传送门后，又会传送回原点。两个相隔万里的房间，如果彼此都设置一个互为目的地的传送卷轴，再加上一些辅助的影像装置，两个房间里的人完全可以毫无阻碍地跨空间打乒乓球。

一些人喜欢用传送装置来寻求刺激。他们在悬崖底部放好一张卷轴，然后从悬崖上纵身跳下，落地时正好从卷轴中传送出去。这其实是很危险的，一旦位置出现偏差，就极易造成伤亡。而且，在虫洞的两端，动量是守恒的，因此其从另一端出来时，仍然保留着极高的速度，需要寻找某种缓冲的方式。还有一种解决方式是，将开口的方向朝向天空，于是人们从出口弹出来后，会笔直或倾斜着射向天空，然后再次落下来。经过精心的设计，他们甚至可以用数张卷轴构建一个弹射回路，从而实现长时间的滞空停留。据说，宇航员在早期进行失重训练时就曾采用过这样的方法。

也有人反其道而行之，将传输的出口开在高空，方向仍然是向下，这样每次下落之后，又会瞬间回到高空，再次落下。需要指出的是，这个过程中一直是向下加速的，因此他的下落速度会一次比一次快，直到空气阻力和重力平衡。有人曾设想过用这样的方式来获取能源，因为看上去其中似乎蕴藏着源源不断的重力势能，但后来人们很快发现，当他们把传输的终点设定在比起点位置更高的地方时，需要消耗更多的能量，所以本质上这个系统仍然是能量守恒的。

你永远也无法想到疯狂之人会怎么使用传送卷轴。最极端的方式是将自己的身体割裂成几个部分，然后用传送卷轴来实现各部分之间的物质交换。其灵感大概是来源于某种传送医疗装置，例如传送输血。他们自称行为艺术家，把身体割裂之后，将头、四肢、躯干分别放在不同的城市进行展览，而且这个过程中还可以与游客互动。他们说，通过这种将身体"去中心化"的形式，生动地展现了现代科技对人类本身的摧残。

毋庸讳言，社会上有一部分人对瞬间传输技术是很反感的。甚至有一小部分极端反传输主义者，他们四处分发传单，搜集大量传送卷轴，堆在城市广场上集中烧毁，有时还会打砸售卖传送卷轴的店面。他们声称，瞬间传送是违反自然法则的，是邪恶的，我们应该回归传统，回到原来那种乘坐火车和飞机的美好时代去。

（5）犯罪及其应对措施

在瞬间传输出现的早期，通过它进行的入室盗窃案件一度泛滥，但在空间传送局成立后，这些非法传送便自然地禁绝了。但总有人想出种种办法来绕过监管，最常用的方法是在传送器中植入位置伪造的代码。被植入代码的传送器，在其提交申请时的位置数据对应的是一个合法的地址，而实际传送时却使用一个非法的地址。因此，政府管理部门会定期对传送装置的操作系统进行升级，以堵上相应的漏洞。但黑客们总能发现一些新的漏洞，通过各种手段植入新的代码。这是一个不断循环的斗争过程。

另一种方法更为恶劣，一些人会通过地下工厂私自建造未经登记的传送装置，这样就可以完全避开政府的监管，使用时自然也就不用向空间传送局提交位置申请了。这种不在政府登记下的传送器，黑话又称为"裸机"，其价格极为昂贵，而且传送过程也不稳定。因为其中有很多精密器件，地下工厂很难自行生产，因此要么是通过正规工厂中的非法关系，出高价从里面偷偷带一些出来，要么就是用一些精度较低的零部件替代，所以容易出现各种故障，包括传送位置的大幅度偏离，甚至传送过程中造成人员伤亡等。

谁也不知道在地下社会中有多少"裸机"流传，有人估计在一万台左右。这些裸机的存在,还构建了一个不为人知的地下网络。人们通过裸机传送到某些隐秘之地,比如某颗小行星的内部,以此为据点,在其中进行各种非法的活动:武器交易、人体器官买卖、贩毒等。没有人引介的话,普通人根本接触不到这个世界,因为其所有的位置坐标都没有在政府备案登记过,没有人知道他们在哪儿。警察只能通过各种微弱的迹象去推测他们的大致位置,但抓捕过程仍然极其困难。

黑客对传送器的代码劫持,并不仅限于用来绕过监管,有时候,他们会篡改用户输入的位置坐标,以此来控制其传送的终点。其目的之一,是以此进行绑架活动。受害者往往在毫无心理准备的情况下,就被传送到了绑匪的据点。更悲惨的是一些直接被传送到太空中或者深海底部的,这种通常是职业杀手所为。在这个时代,百分之九十的职业杀手都是黑客,因为用传送装置来杀人,可比传统的枪械要有效和隐蔽得多了。

(6)对个人心理和社会文化的影响

在传送时代,人们首先弱化的是关于远近和方向的概念。地理空间上的距离,对于人们来说并不会带来真切的感受。说到北京、纽约或是火星大峡谷,人们并不会觉得哪个更远或更近。这个世界的所有地理位置,在人们的意识里都已经扁平化了,彼此之间没有什么不同。因此同样就没有方向的概念,往东是什么地方,往南是什么地方,慢慢地已经没有人分得清了。他们不知道自己国家在地理上和哪些国家接壤,很多人再也没看过地图,甚至连世界是球状的都忘记了。他们的位置观被简化为只有此处和彼处、起点和终点,中间是没有过程的,只有一片虚无。

与之相应的,地域和乡土的观念也在渐渐消失。人们大多并不局限在某个城市居住,而是同时居住和工作在很多不同的地方,你很难再说某个人是"四川人"或是"江西人"了。各地的文化都在加速融合,户籍制度早已废除,方言近乎绝迹,每个地方看起来都差不多,但又跟传送时代之前完全不同了。人们逐渐失去了对外地的新鲜感和陌生感,探险家们则朝着太阳系边疆的方向走得越来越远。

人们的安全感在丧失。虽然有政府的管控,但自己的房间里随时可能有陌生人进入的场景,仍然是每个人脑海中挥之不去的梦魇。这一方面是因为各种影像媒体的渲染,另一方面,在客观上也确实有数量众多的"裸机"在社会上存在。除了将居所搬到一些偏僻的地方,人们还尽量缩小自己的居住面积。在一个狭小的房间里,被侵入的可能性固然更小,但这其实主要是一种心理效应——小空间可以增加人们的安全感。

但是,在一些传统观念弱化的同时,新的观念也在形成。一种新出现的道德观念是,不要将传送的出口设定在公共场所,那样容易惊吓到旁人,也会对别人的正常活动造成干扰。因此,当你想要去往某个热门地点时,一定要选择传送到其附近的某个地方——那种地方通常留有每次允许一人进入的传送出口区,就像旧时代的停车场——这样也可以避免多人同时传送到相近地点时会造成的麻烦。当多个虫洞的出口被选择为同一地点时，原则上空间传送局会自动驳回这样的申请，但出口很靠近却并不完全一致时，早期的系统是会酌情通过传送请求的。所以有时候，人们从虫洞中弹出时，会尴尬地发现自己撞进了另一个人的怀里，造成很尴尬的场面。后来系统对此做出了改进，增加了出口处的最小允许距离，人们也渐渐形成了关于传送的更多共识和规范。这些传送礼仪的形成，代表着这个新时代开始萌生出了与之相应的新的文化——一种更加融合包容的，同时也内蕴着疏离隔阂的新文化。

第 5 章 故事的构建与呈现

在上一章我们讲述了设定与设定网络的建构方式,这一章我们则主要集中于故事的层面。在戏剧界,人们很早就尝试将各种故事的结构进行解析和分类。十九世纪的法国戏剧家乔治·普罗第在研究了大量戏剧作品之后,归纳出36种剧情模式①,如表5-1所示。这些剧情模式至今仍然在各类剧本创作的实践中被大量应用。

表5-1　36种剧情模式

编号	模式名	编号	模式名	编号	模式名	编号	模式名
1	求告	10	绑劫	19	无意中伤残骨肉	28	被阻挡的爱情
2	援救	11	释迷	20	为正义而牺牲	29	爱恋仇敌
3	复仇	12	取求	21	为骨肉而牺牲	30	野心
4	骨肉报复	13	骨肉仇视	22	为情欲而不顾一切	31	人神间的争斗
5	捕逃	14	骨肉相争	23	牺牲爱人	32	误生嫉妒
6	灾祸	15	奸杀	24	实力悬殊的竞争	33	误判
7	不幸	16	疯狂	25	奸淫	34	悔恨
8	革命	17	鲁莽	26	恋爱的罪恶	35	骨肉重逢

---

①　陈咏:《试论36种剧情模式》,《北京电影学院学报》,2005年第2期,第68-73页。

续表

编号	模式名	编号	模式名	编号	模式名	编号	模式名
9	壮举	18	意外相恋的罪恶	27	发现爱人的不光彩	36	丧失爱人

一些剧作家，如日本的鬼头麟兵，批评这种依靠模式创作的方法，认为创作不能简单地套公式。[①] 确实，文学创作如果完全沦为模式化的生产方式，虽然对大规模商业化是有利的，但无疑对文学本身会带来伤害。但从创作者的角度来讲，特别是对一些新人作者来说，熟悉这些常见的情节模式，对自己的写作还是有利的。只有在了解了这些模式的基础上，我们才可以进一步将其融合或拆解，创造出属于自己的故事。

但是，在本书里，我们并不打算向大家详细介绍这些情节模式，因为这些内容可以在众多的编剧类的教科书中找到。我们主要介绍一些在各种模式中具有普遍意义的要素——悬念、意外、误读等，并且紧密地结合科幻这一文类的实际需要进行展开。此外，在科幻小说的故事构建里，如何将设定合理地呈现出来是一个很重要的问题，为此我们也做了专门的阐述。

5.1 软科幻与硬科幻

在"科幻创作"课程里，我一般将故事的构建放在设定建构之后来讲，在本书中也沿袭了这一顺序。这可能导致一种误

[①] 鬼头麟兵：《脚本作法基础二十讲》，《电视剧》1990年第4期，第71页。

解,即在创作中也是先做好设定,然后再根据设定衍生故事。但实际上并非如此。在大多数情况下,设定和故事的搭建,是交错促进、同步完善的。先把设定网络完全准备好,甚至写出一个设定集,然后再构思故事,这种写法其实是很少的。

但是这里仍然有一个"触发点"的问题,即作者在构思一篇作品的最初阶段,触发其写作冲动的,究竟是设定还是故事。对此,不同作家的情况是不一样的,同一个作家在创作不同作品时也可能不尽相同。这一点很重要,因为它决定了这篇作品的核心趣味。作为类比,我们不妨看看推理小说的情况。

推理小说,特别是日式推理小说,常常被人们分为本格派和社会派两个基本的类别。在本格推理中,作者着力呈现的,同时也是读者关心的核心问题,乃是某种耐人寻味的犯罪诡计。与此相比,故事中出现的人物及其社会背景并不重要,因为他们只是呈现诡计所必需的道具。因此,阅读本格推理的核心趣味是推演和解谜的过程。在这种核心趣味的驱动下,作者会想方设法让犯罪诡计变得怪诞离奇,有时候甚至严重偏离现实。而社会派则并不以犯罪诡计的设计为核心,其故事基本都发生在真实的社会背景之下,着力探讨的是犯罪背后所反映出的社会问题。所以,本格派和社会派推理小说的本质区别,不在于其描写的具体故事是什么,而是取决于其写作与阅读过程中的核心趣味的差别。

这一点正好可以为科幻小说提供参考。在科幻小说里,软科幻与硬科幻之争由来已久。自坎贝尔以来，阿西莫夫、卫斯法尔，以及国内的刘兴诗、郑文光等人都尝试对软、硬科幻的概念做出了适当的阐释或批评。[①] 在这里，我们不妨从创作的角度来重新审视这两个概念。在我看来，它们正好对应了两种创作的触发模式，即故事触发和设定触发。当作者是因为想到了某个绝佳的点子（或者说核心设定）而进入构思过程时，在整个设定完善和故事建构的过程中，他都会围绕着这个点子而进行，最终体现出的是一种为呈现核心设定而创作的趣味。另一些作品则完全不同，作者一开始就大致意识到自己要写一个什么样的故事，或者套用一句编剧常用的术语，作者明确了某种"主控思想"。在其故事建构过程中，设定始终处于辅助的位置。也就是说，作者是为了故事的合理进行，而不断添加和完善诸多设定的。因此，这类作品所呈现出的趣味指向自然便与前者截然不同。

从作品创作的核心趣味来区分软、硬科幻，可以绕过诸多颇具争议的问题。例如，一些观点认为，只有以科学理论为核心设定的科幻小说才是硬科幻。那么，以社会学、心理学为背景的小说又是不是硬科幻呢？以此为基础进行讨论，往往容易陷入对不同学科的偏见和歧视之中。其实问题的核心并不在于作者写了什么，而是其创作的趣味指向为何。例如《三体2》，

---

① 姜振宇：《科幻"软硬之分"的形成及其在中国的影响和局限》，《中国文学批评》2019年第4期，第149-156页。

其核心设定为宇宙社会学(注意,并不是什么自然科学),而且整个作品在故事的设计上都是为了最终呈现出这个设定。虽然作品里出现了诸多科学理论和术语,但即使把这些科学元素去掉,它仍然是一部不折不扣的硬科幻小说,这是其"设定呈现"的核心趣味所决定的。

从这个意义上讲,在作者构思一部作品的最初阶段,在其写作冲动被触发的那一刹那,这个作品是硬科幻或者软科幻,就已经完全确定了——不管它最终是否完成。

5.2 惊奇点

在科幻小说,特别是以设定为核心趣味的硬科幻小说里,惊奇感是故事构建中一个很重要的要素。雨果·根斯巴克于1926年创办的第一本科幻小说期刊 *Amazing Stories*,国内通常翻译为《惊奇故事》。众多科幻迷和科幻评论家也常常把"sense of wonder"挂在嘴边,甚至发明了专门的缩写"sensawunda",也就是所谓的"惊奇感"。科幻作家刘慈欣认为"科幻文学的核心……是对科学、对未知、对宇宙的惊奇感"。[①] 那么到底什么是惊奇感?达科·苏恩文(Darko Suvin)将其称为"新奇性",认为它是一种由认知逻辑所确证的虚构的新颖性和创新性。[②] 王瑶(科幻作家夏笳)认为,普通的现实世界与空灵的

[①] 王瑶:《我依然想写出能让自己激动的科幻小说——作家刘慈欣访谈录》,《文艺研究》2015年第12期,第70—78页。
[②] 达科·苏恩文:《科幻小说变形记》,合肥:安徽文艺出版社,2011年,第70页。

科幻世界之间具有巨大的"视差",而惊奇感就是读者阅读时所感受到的一种跨越视差鸿沟的"飞跃"。[①] 用通俗的话来说,科幻小说那种让读者感到不明觉厉、脑洞大开的特质,其实就是惊奇感。

在科幻小说里,惊奇感的来源很多,比如某种新奇的理论或技术、某个宏大而震撼的场景、某种怪异的生物、某个奇特的社会组织等。这些能够增加作品惊奇感的要素——我们不妨称其为"惊奇点"——是构建科幻小说的故事框架时一个很重要的考虑因素。以小说《三体1》为例,将其中的惊奇点按照在文本中出现的顺序排列,结果如图5-1所示。

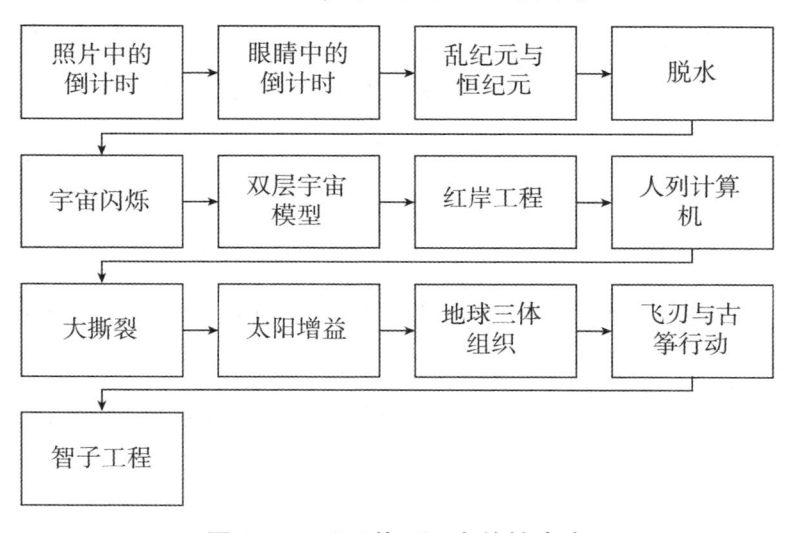

照片中的倒计时 → 眼睛中的倒计时 → 乱纪元与恒纪元 → 脱水 → 宇宙闪烁 → 双层宇宙模型 → 红岸工程 → 人列计算机 → 大撕裂 → 太阳增益 → 地球三体组织 → 飞刃与古筝行动 → 智子工程

图 5-1　《三体 1》中的惊奇点

[①] 王瑶:《铁笼、破壁与希望的维度——试论刘慈欣科幻创作中的"惊奇感美学"》,《现代中文学刊》2016 年第 5 期,第 95-101 页。

这是一些在小说里进行了详细叙述的惊奇点，它们或超出常理、匪夷所思，或场景宏大、震撼人心。这些惊奇点大致均匀地散布在整个小说的进程中，让读者阅读之时，持续不断地感受到思维的启迪与冲击。

需要说明的是，惊奇点的设置不仅与具体的科幻设定有关，而且牵涉到故事构建的各个方面。比如，它牵涉到要采用哪个叙述视角。以"倒计时"相关的惊奇点为例，如果不站在汪淼的视角，是很难淋漓尽致地呈现出来的。又比如，要如何组织叙事的时序，调整叙事节奏。小说中将三体星系的相关设定以游戏的方式呈现出来，是一个很巧妙的设计。它有几个好处，其一是通过玩家的主观性视角，降低了理解的难度。如果按照一般科幻小说的做法，从三体人的视角来叙述相关的情形，与读者相对而言就隔了一层。其二是更容易创造和呈现出具有惊奇感的视觉场景。其三，这个游戏被设计成具有几个不同的阶段，通过这种方式，小说得以有步骤地把三体星系相关的设定逐一抛出，既调整和分散了惊奇点出现的密度，又将其和故事的推进过程紧密结合了起来。

又比如小说《球状闪电》，其惊奇点分布如图 5-2 所示。

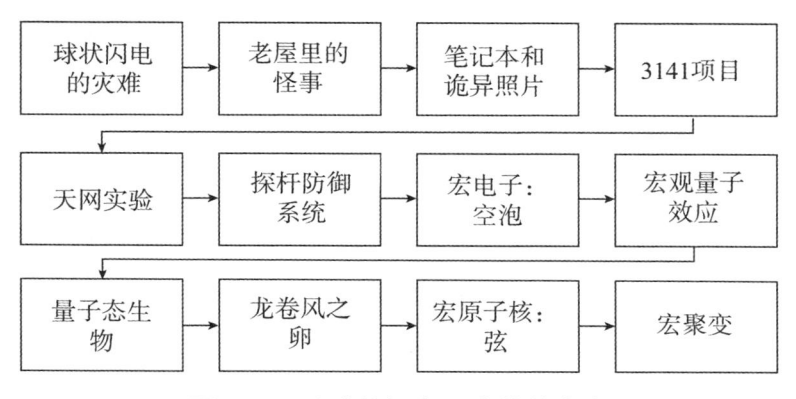

```
球状闪电  →  老屋里的  →  笔记本和  →  3141项目
的灾难        怪事         诡异照片
                                        ↓
量子态生  ←  龙卷风之  ←  宏原子核:  ←  宏聚变
物            卵            弦
↑
天网实验  →  探杆防御  →  宏电子:   →  宏观量子
              系统         空泡         效应
```

图 5-2　《球状闪电》中的惊奇点

这部小说的故事主体其实复现了一个典型的科学研究的全过程，即一开始的现象观察，到数学建模，实验验证，遇到挫折，提出新的模型。如此往复，直到揭示其物理本质，然后再进入应用环节，包括军事和民用。小说将虚构和真实结合得很紧密，在科研过程的每个环节都注入了大量的细节，因此让这一虚构的物理发现显得极为可信。而故事的惊奇感则围绕着这众多的科研环节来构建，几乎在每个环节中，作者都精心设计了一些让人惊叹震撼的场景。在现象观察阶段，作者除了描述球状闪电那些诡异的特性之外，还加入了众多堪称灵异的现象，这些场景既增强了故事的悬疑性，又为后文做出铺垫。在实验验证阶段，引入了让人疑惑重重的3141项目和极富想象力的天网实验、探杆防御的情节。而在揭示本质的阶段，故事所提出的宏电子假说更是打破了一切常规思路，让人意想不到，但却完美地贴合了故事的逻辑和铺垫。在之后的应用环节，对龙卷风的控制场景宏大,而宏原子核和宏聚变的应用更是精彩,让人大开眼界。纵观整个故事,所有的惊奇点都随着故事的推进而逐步呈现出来,分布均匀,让故事的惊奇感始终维持在了一个很高的程度。

总之,我们在构建故事框架的时候,要特别注意把惊奇点的呈现效果考虑进来。正如达科·苏恩文(Darko Suvin)所说,在科幻小说中,"新奇性是至高无上的,也就是说,它就是核心,是如此的重要,因而决定着整个叙述逻辑"。[①] 用什么样的叙述视角、从哪个时间点切入故事、怎么把复杂的设定拆分成若干具有画面感的场景、如何围绕故事主线设计惊奇点……我们需要把这些问题和核心设定结合起来进行整体考虑,采用一种让所有惊奇点都能够得到充分展示的叙事策略,并尽量平衡各个惊奇点在文本中的位置分布——这一点对于具有较长篇幅的长篇小说尤为重要。

5.3 计划、意外与隐情

在构思情节的时候有一条"铁律":永远不要让计划顺利进行。当故事中的人物策划一个行动的时候,总是会遇到各种困难和波折,发生各种意外。这样做的好处是显而易见的:既增加了情节的曲折性和趣味性,同时也有利于悬念的构造,让故事结构变得更复杂精巧。

[①] 达科·苏恩文:《科幻小说变形记》,合肥:安徽文艺出版社,2011年,第77页。

这种计划和意外交织的设计，通常出现在一个故事的开头阶段。以美剧《绝命毒师》第一季为例，仅在第一集和第二集的情节中，就出现了十余次意外状况，让剧情跌宕起伏，极为精彩。如图5-3所示，在故事的一开始，化学教师怀特意外得知自己患上了中晚期肺癌，开始为自己离世后家人的生活考虑。这是整个故事的缘起。第一个意外状况发生在他随妹夫抓捕毒贩时，意外遇到了昔日的学生杰西，意识到他也是毒贩团伙的一员。他以此为契机，决心和杰西合作制毒。他认为自己懂化学，杰西有销路，计划应该行得通。但我们随后就会看到，一系列的意外等待着他们。

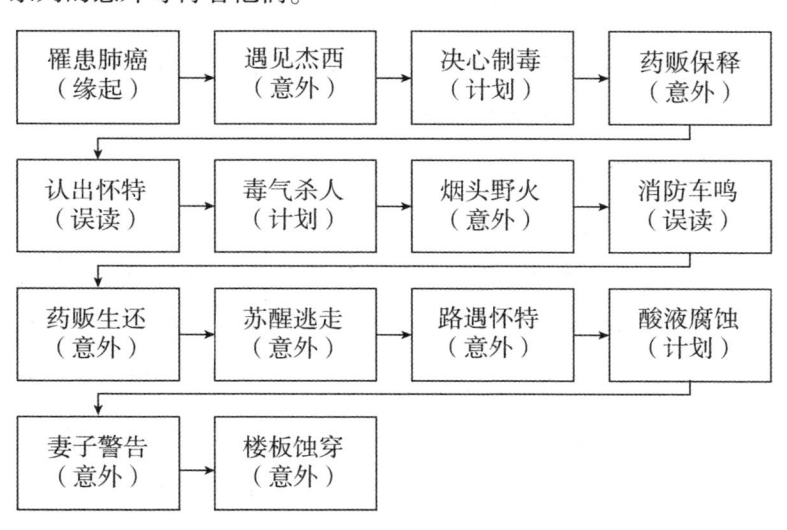

```
罹患肺癌       遇见杰西       决心制毒       药贩保释
（缘起）  →   （意外）  →   （计划）  →   （意外）
                                              ↓
认出怀特       毒气杀人       烟头野火       消防车鸣
（误读）  ←   （计划）  ←   （意外）  ←   （误读）
  ↓
药贩生还       苏醒逃走       路遇怀特       酸液腐蚀
（意外）  →   （意外）  →   （意外）  →   （计划）
                                              ↓
妻子警告       楼板蚀穿
（意外）  ←   （意外）
```

图 5-3　《绝命毒师》第一季 1-2 集的剧情线

首先是之前与杰西合作的药贩疯8提前保释出狱，打乱了杰西推销的节奏。之后，疯8让杰西带着他找到怀特，又认出了怀特是自己被捕时曾出现在警车中的人,因而以为他是警方一伙的。这既是一个意外,又是一个误读。至此,销售计划彻底失败,怀特与杰西反而被疯 8 兄弟控制起来。误读也是一种在情节构建中极为有用的元素,我们会在下一节中集中讨论这种元素的运用。

接着是一个关键的小计划,怀特准备通过示范制毒的过程,制造毒气将疯 8 兄弟二人关在旅行车中闷死。这个计划成功了一半,疯 8 的哥哥被毒死了,但疯 8 却醒了过来,这又是一个意外。同时,他们之前往旅行车外扔出的烟头引起了野外的大火,并因此引来了消防车。而怀特将消防车的鸣响误以为是警车的声音,并绝望地录制好了给家人的留言。之后,疯 8 在逃走的时候,又意外地遇到了开车路过的怀特,逃跑时还意外地撞在树上再次晕倒了。这段情节极为精彩,编剧将计划和意外层层嵌套,又和误读结合起来,故事张力十足。

随后,为了处理药贩的尸体,怀特提出一个新的计划,即用氢氟酸腐蚀处理。但没想到杰西在超市没有买到大小合适的塑料桶,便自作主张地用浴缸作为腐蚀场所,结果将楼板蚀穿了一个大洞。这期间怀特的妻子还突然来到杰西的住处警告他,差点撞见搬运过程中的尸体。我们可以看到,在短短两集的时间里,主人公制订了制毒销售、毒气闷杀、酸液腐蚀三个计划,可没有一个计划是顺利完成的,每个计划在实施过程中,都会出现各种各样的意外状况。这些意外设计得非常巧妙,既符合人物的性格和剧情铺垫，让人觉得逻辑合理，又绝不落入俗套，让人意想不到。这些计划、意外和误读的组合嵌套，使得其剧情从一开始便极富吸引力，让人忍不住想一直看下去。

在悬疑小说中，有许多故事其本身就是围绕着一个出现意外的计划来展开的，东野圭吾所著《布鲁特斯的心脏》就是一个典型的例子。作为知名的推理小说家，东野圭吾的许多作品中其实都带有科幻元素，例如关于复制人的《分身》，关于大脑移植的《变身》，以预知未来的少女为主角的《拉普拉斯的魔女》，引入了近未来DNA技术的《白金数据》，末日题材的《悖论13》，还有《宿命》《平行世界的爱情故事》等。这些小说或许并不能算是纯粹的科幻小说（按照科幻小说的标准来看，其设定太过平庸了），但其精巧的谋篇布局和叙事策略，对于致力于科幻创作的作家来说，仍然是极有借鉴意义的。

接下来，我们深入分析一下《布鲁特斯的心脏》这部小说的叙事线，体会作者是如何通过计划实施中的意外状况来推动故事发展的。按照叙事的顺序，其故事线如表5-2所示。

表5-2　《布鲁特斯的心脏》的分节概要

章数	节数	故事概要	备注
序章		高岛勇二在机器人事故中身亡	
第一章	1	拓也在高速公路上行驶，回忆与康子的交往	计划1的背景
	2-4	交代拓也的人生轨迹，接近星子的目的	

续表1

章数	节数	故事概要	备注
第一章	5	拓也、仁科直树、桥本会商康子怀孕之事	计划1
	6	运输车辆的安排,仁科直树装作与拓也交恶	计划1筹备
	7	拓也与桥本交接,发现尸体是仁科直树	意外1
第二章	1	警方介入,调查仁科直树身亡一案	
	2	引入中森宫绘的视角	
	3	回顾拓也与桥本在意外发生后的行动	
	4	警方调查拓也	
	5	警方询问宫绘,引入追求者悟郎	
	6	拓也与星子、康子、桥本的交流	
	7	桥本决定和康子结婚,写信给拓也	计划2
第三章	1-2	桥本被钢笔毒死,警方调查	意外2
	3	拓也决心尽快杀掉康子	计划3
	4	宫绘回想起仁科直树、拓也与桥本的会面	
	5	警方发现桥本的高速收费发票	
	6	宫绘将仁科直树调查事故的文件给悟郎	
	7	拓也帮星子搬家,发现仁科直树擅长魔术	隐情1
	8	警方对发票对应行车区间的分析	
	9	提高警惕的拓也,怀疑仁科直树另有隐瞒	
第四章	1	警方在桥本车上发现蓝色羊毛纤维	

续表2

章数	节数	故事概要	备注
第四章	2	拓也切割不锈钢板	计划3 筹备
	3	宫绘开始怀疑拓也	
	4	拓也杀害康子	计划3 实施
	5-7	警方调查康子之死	
	8	拓也发现宫绘调查自己,发现新的参与者	隐情2
	9	警方调查仁科直树老家	
第五章	1	拓也直面宫绘,得知其与高岛勇二的关系	
	2	警方调查钢笔与墨水来源	
	3	宫绘再会悟郎	
	4	拓也调查高岛勇二事故	
	5	警方猜测仁科直树也是计划参与者	
	6	拓也被告知事故真相,与星子关系突破	
	7	交代宗方与康子的关系	隐情3
	8	警方梳理案情	
	9-11	拓也、宗方、悟郎各怀心事	
	12	警方锁定拓也	
	13	悟郎承认杀害勇二,被直树胁迫参与计划。拓也在与悟郎的争斗中被机器人杀死	计划4 意外4

这个故事的主线是拓也、直树、桥本三人为了除掉康子而策划的一个谋杀计划。在第一章里,花了不少笔墨铺陈计划的

起因和谋划过程，看起来安排得非常精密，是个绝佳的计划。但没想到在计划实施过程中，发生了未知的意外状况，本应运送的康子尸体却变成了直树的。这个意外的情节安排是全书最大的亮点所在，给读者带来的冲击感极为强烈，其原因在于：1. 直树从策划杀人者变成了被杀者，剧情的走向几乎出现了颠覆性的转变，可谓奇峰突起；2. 计划出现意外的原因何在，构成了一个强烈的悬念，其一直持续到了故事的结尾；3. 以策划者为视角切入故事，读者会较容易带入计划实施者的身份，因此在意外发生后，受到的冲击会比第三人称视角更强烈，同时也会更加关心其后续的发展。

这种开篇方式在推理小说中并不多见。通常情况下，故事会从案件发生或发现的时刻切入，也就是说，应该从仁科直树的尸体被发现开始写。如果把第二章放到开头，把第一章的内容嵌入其后的文本中，让警察在调查过程中逐步发现这个杀人计划，这才是常规的推理小说故事线。但是这样一来，故事开篇的惊奇感就极大地减弱了。在读者对计划没有足够了解的基础上，仁科直树的死并没有太多值得惊异之处，所以这样的常规切入方式并不适合这个故事。此外，因为计划本身具有的复杂性和各种意外出现的状况，这样安排还会影响到之后叙事的流畅性，增加读者理解的困难度。

在围绕"计划"进行的叙事之中，除了计划实施过程中出现的意外状况，另一种常见的剧情安排就是揭秘计划本身的隐情。也就是说，计划并不像表面上看起来这样，其原因通常是计划的实施者甚至一部分策划者，被其他策划者欺骗了。在前述的计划中，拓也经过调查，发现了计划提出者直树其实另有隐瞒。例如，在抽签过程中，他通过魔术手法作弊，故意抽中了第一签。另外，直树还隐瞒了计划中第四人悟郎的存在，让拓也和桥本以为该计划只有他们三人参与。这些隐情的陆续抛出，逐渐揭露了计划出现意外的原因，也引导了故事的走向。在计划中设置一些这样的隐情，可以让人物关系和故事线更加复杂，增加剧情走向的不确定性。

从表 5-2 中我们还可以看到，在这部小说里，虽然故事主体是围绕着拓也三人的计划而展开，但在故事发展的过程中，实际上还延伸出了其他的计划，而这些计划几乎也都伴随着意外状况的发生。例如桥本，在直树被杀后，本来计划与康子结婚以平息此事，可没料到在向拓也写信的过程中中毒身亡。康子本来想借着怀孕生子而改变目前的生活，却不料最终还是被拓也所杀。而这一切的根源，又来自悟郎在多年前的计划。他设计杀害了勇二，目的是扫除与绘里交往的障碍，却不料被直树目击，从此沦为直树的工具，将其安排在了杀害康子的计划之中。随后悟郎反而杀死了直树，让拓也三人的计划落空。故事在多个计划的纠缠之中落幕，首尾相接，环环相扣。

我们在设计故事线的时候，不妨也参考这样的方法，给主人公添加一些意外，埋藏一些隐情，也许会让平淡的故事变得更精彩。

5.4 误读

误读，即错误的解读，或者说误解，在故事的建构中往往会发挥神奇的作用。故事中的人物对某些要素产生了错误的认知，从而引发了冲突，从平静中衍生出矛盾；抑或是引而不发，等到后文矛盾激化时再进行集中的揭示，因此它也可以说是一种铺垫。阅读的时候，读者在故事人物的视角带领之下，一起经历认知反转的过程，从而产生一种有趣的阅读体验。

误读的对象有很多，小说中最常见的包括对身份的误读、对行为的误读和对线索的误读等。

身份误读这一桥段对中国人来说一定不陌生，因为它是很多舞台小品中构建故事冲突的一个主要手段，比如赵本山的小品《拜年》。而在小说里，这一手法也同样可以营造出极富戏剧性的冲突。马识途在其短篇小说《破城记》中，就将身份误读这一手段用到了极致。一开始，县太爷让手下小卫去码头接中央派来的"新生活运动"的视察委员，人接来了，在经过一番交锋后，县太爷才发现接来的竟然只是个剃头匠，自己白白演了一场戏。这是第一次误读。接着，剃头匠给几个政府科员剃头，其间却一直询问县太爷贪赃枉法的事情。随即，他拿出印章和公文，说他确实是视察委员，只不过用剃头匠的身份暗访了一番。至此，身份再次反转，构造了第二次误读。可是故事还没完，在为视察委员接风洗尘后的第二天，有人发现他的印章居然是萝卜雕出来的。显然，他只是个冒牌货，这是第三次身份反转。短短的篇幅里，人物的身份一变再变，让故事跌宕起伏，结构设计得极为精巧。

我在小说《没有敌人的战争》里则用了行为误读来构建故事。小说里，人类向外星人的飞船发射炮弹，而飞船也向人类还以炮弹，而且外星人的炮弹威力更大。乍一看，这是一次外星人入侵的战争，可外星飞船却始终没有进一步的行动。故事后面揭晓真相，原来外星人的飞船只是将人类送给他们的任何东西改进优化后再还给人类，他们是为了帮助提升人类的科技水平而来。

对线索的误读，经常在推理小说中看到，是一种普遍使用的引导读者思维方向的手段。比如在岛田庄司的《占星术杀人魔法》里，用梅泽平吉遗留的占星术手记来误导杀人动机，用陆续发现的六个埋尸地点来误导被害人数等。在金庸的《射雕英雄传》里，江南七怪中的五怪在桃花岛被人杀害，老四南希仁在临死前写下血字"杀我者乃十"。郭靖认为"十"字是"黄"字的开笔，断定众人命丧黄药师之手，差点因此与黄蓉反目成仇——由此可见误读在故事构建中的能量之大。

以上这些误读的引入方式，都是借助故事人物的视角，引导读者和故事人物产生同样的认知，并随着故事的推进和人物一起经历认知的反转过程。其实，还有另一种误读的构造方式，就是让读者跳出故事人物的主观视角，从而清楚地意识到故事人物的认知出现了错误。用这种方式构造的故事情节，由于读者和故事人物间出现了认知偏差，因而往往可以产生强烈的喜剧效果。在赵石的科幻漫画《独行月球》里就反复运用了这一方式。故事一开始，陨石就击中地球，滞留在月球上的独孤月以为自己成了唯一活下来的人类。可事实上地球并未就此毁灭，只是文明大幅退步了五十年。灾难后幸存下来的地球人，其电视上唯一能收到的视频信号便是从月球基地上传回的。于是，独孤月便在毫不知情的状况下，在全人类的面前开始了一场让人啼笑皆非的实景秀。视频的视野边界、频繁卡顿、缺少音频等种种状况，都让地球上的观看者对独孤月的行为产生了误解。比如独孤月无聊之下做了一个小玩偶，却被误认为是在做十字架，让不少信徒感动不已。他随便举了一次哑铃，但因为视频卡顿，画面停滞，因而被地球上的观众误认为他持续举了几个小时，不禁为他"强大"的意志而备受鼓舞。连他在绝望中做上吊的绳结时，都一度被误读为是在向地球上的粉丝比心。故事中地球人对独孤月的各种误读，笑料十足，让人捧腹。正是因为清楚地知道误读背后的一切缘由，读者阅读时才会产生足够的趣味效果。

5.5 设定的呈现

在第三章中，我们已经详细介绍了科幻小说中设定的构造方法。对于一部科幻小说而言，设定的构造固然重要，但并不是决定小说优秀与否的决定性要素。这里的关键是，我们如何将设定合理地融入故事之中，同时在小说的推进过程中，通过较为自然的方式将设定交代给读者——对于一些较为复杂的设定图谱来说，这一点尤其重要。

常常有人会抱怨说，在他们阅读的科幻小说里，特别是一些所谓的"硬科幻"小说里，经常出现大段大段的充满科学名词的段落，很影响阅读体验。这种情况通常就是设定交代不自然的体现——老实说，我早期的一些作品也有这样的毛病。这并不是只有中国科幻小说才有的现象，在国外，这些解释部分通常叫作"信息结"（infordumps）或者"解释性肿块"（expository lumps）。在国内的科幻圈里，我们通常叫它"知识硬块"。那么，小说里出现的这些知识硬块，是好事还是坏事呢？或许有部分读者乐意阅读这样的段落，但我认为，对大多数读者而言，这样的硬块都会对阅读造成负面的影响。1983年，叶至善在回忆自己创作《失踪的哥哥》的经历时称，他在写作时，极力想避免当时科幻小说的通病，即讲述科学原理时与故事脱节，这会让"知识硬块"与小说如同"油水分离"。[①] 那时候中国科幻小说具有强烈的科普特征，所以出现知识硬块是很常见的现象，读者也相对宽容。而今的科幻创作环境已经与那时大为不同，所以知识硬块在小说中的出现会比那时更显突兀，因此是今天的创作者们更应该避免的。王晋康在一次采访中曾提到，

---

① 叶永烈：《叶至善和〈失踪的哥哥〉》，《世界科幻博览》2005年第7期，第6页。

自己"坚决不能在小说中出现知识硬块。只保留那些对情节推进最必要的知识，而且要尽量打碎，融化在故事中"。[①] 刘慈欣也曾提到，自己在《三体》第一部的后三分之一中，用很生硬的方式把知识解释出来，出现了一些"知识硬块"，后来在英文翻译时，抓住机会做了一些删减。[②]

如何将设定自然地交代出来，避免知识硬块，是需要一定技巧的。我们不妨先来看一段初学者的习作。这是在我的科幻创作课上，一名学生在课程前期所提交的一则小说初稿。在正文的一开始，他这样写道：

  里佐斯基教授研究生物的大脑已经二十年了，去年终于因为"聪明素"的发现而获得了诺贝尔生理学或医学奖。

  "聪明素"在脑脊液合成，是一种促进型生物激素。越经常使用大脑思考问题的生物，其脑中"聪明素"的含量便越高，相应的智商也就越高。这是从目前对哺乳动物所做实验中得到的结论。里佐斯基的团队对不同的哺乳动物，如鼠、猫、狗等做过注射后的短期检测，发现效果很显著。它们都表现出了能够书

---

  ① 来自河南日报网，原题目为"河南科幻作家王晋康获中国科幻银河奖终身成就奖！他与刘慈欣被称中国科幻'双雄'！"，链接地址：https://www.henandaily.cn/content/2019/1211/201924.html。

  ② 来自北京晚报-北晚新视觉网，原题目为"刘慈欣《三体》签售场面"科幻"每人限购一套当当再断货"，链接地址：https://www.takefoto.cn/viewnews-527549.html。

写类文字及制作工具的特点，但是较长时间的持续跟进后，它们的智力提升似乎也很快遇到瓶颈。……

很明显，"聪明素"是这篇作品的核心设定，而作者似乎急于把这一设定交代清楚。他等不及故事的介入，在简单提到发明人后，就花费大量篇幅来介绍"聪明素"的特点。事实上这是很多初学者经常采用的一种写法：在小说的一开始便向读者倾泻设定。前面讲过，科幻小说与现实主义题材最根本的不同，就在于其背景世界具有某些不同于现实的地方，也就是作品的设定。初学者或许认为，在作品一开始把设定集中交代清楚，就可以在接下来的部分更轻松、更流畅地讲述故事，按照现实主义题材的写法来写就行了。看似取巧，其实是放弃了科幻小说的一个巨大优势。交代设定并不应该看作是作品的负担，一个好的设定，其实是作品的闪光点，也是其构造疏离感和惊奇感的重要来源。在阅读的过程中，那些在不经意间呈现出的设定的一角，会让我们产生探索陌生世界的好奇心和惊喜感，从而增加作品的吸引力。

所以，在对设定进行交代时，我们通常会将其拆散，变成一个个零碎的片段，嵌入小说的故事进程之中。随着故事的推进，设定也逐渐拼凑完整，在读者的脑海里成形。可以说，大凡优秀的科幻作家，都是拆分设定的高手。在课堂上，我通常会以菲利普·迪克的作品为例进行说明。美国科幻作家托马斯·迪什称赞迪克为"科幻作家的科幻作家",因为其小说具有"惊人的创造力","点子又多又好","在想象力光谱中,能占据整整一个独特的波段"。① 事实确实如此,几乎在每一篇迪克的小说里,都有着不同以往的新鲜设定。因此,以迪克的作品为分析对象,可以很好地展现出设定呈现的技巧。在本节,我们会以其短篇小说《头环制造者》为例,结合我自己的创作经验,分别对几类设定呈现的方式进行说明。我强烈建议读者先自己阅读一遍这篇小说,然后再看本节的内容。小说篇幅不长,半小时即可读完。其中文版被收录于两本短篇合集中,一本叫作《菲利普·迪克的电子梦》,其中收录了被同名剧集所改编的十则短篇小说;另一本叫作《命运规划局》,是菲利普·迪克中短篇小说全集的第二本。

5.5.1 叙述式

通过叙述,直接向读者交代设定,是最直接的设定呈现的方式。它的好处是极为高效,三两句就可以让读者明白其中的来龙去脉,但也有很多潜在的坏处。比如,它有可能会打断故事的推进,在小说中形成一个"硬块"。所以,叙述式的设定呈现,一定要找到一个合适的位置插入,而且尽量不要太长。在《头环制造者》一文中,下述段落就是一个叙述式的设定交代案例:

---

① 托马斯·迪什:《全面回忆——菲利普·迪克中短篇小说全集5》,四川:四川科学技术出版社,2019年,"序言"。

这道仿佛无解的难题，在2004年的马达加斯加大爆炸中得到了解决。驻扎在该片区域的数千士兵遭受了大量的强辐射伤害。爆炸幸存的士兵大多丧失了生殖能力。他们的后代总计不过数百个，但其中许多孩子的神经系统却展现出一种全新特征。于是，在人类几千年的历史中，史无前例地，变种人横空出世。

这篇小说有两个主要的设定：一个是社会上存在着可以读出别人思想的变种人——心感人，他们为政府服务，但又阴谋推翻政府，建立属于自己的政权；另一个设定是利用某种金属制作的头环可以屏蔽心感人阅读自己的思想，一个反抗组织暗中制造大量的头环并将其投放到人群中。这两个设定构造出两个相互对立和斗争的集团，它们共同构成了小说设定体系的核心。上述段落，就是对心感人出现的原因所做的一个交代。

值得注意的是，虽然这段文字是小说里第一次对心感人的来由进行直接描述，但并非是心感人第一次出现在故事中。在这之前，一位政府官员在审查头环佩戴者时，就曾提到过心感人，但那时并没有对其进行全面的解释，因为时机不好。在那个片段中，两名政府官员的对话正有力地推动着剧情的发展，如果这时插入大段对心感人的叙述，会影响故事的流畅性。在那之后，一位叫阿博德的心感人被招入，以帮助读取被捕者的思想。这时，小说先是站在政府官员的视角，对阿博德此人进行了简单的展示,"金黄色的头发,蓝色的眼睛——一个长相平凡的孩子",然后借着这一契机,才对心感人的来龙去脉进行了细致的交代。这就是上述段落出现的故事环境。所以,我们可以看到,叙述式的设定呈现并非不能使用,而是要找到合适的时机。

一个常见的误解是,在科幻小说里,当一个陌生名词第一次出现时,一定要马上对其进行解释。其实大可不必,把它放着不管,反而会激发读者的好奇心,这样读者在读到后续出现的解释时,也会有恍然之感。当然,这样做的前提是,这些陌生词汇不能太多、太集中、太频繁,以便让读者可以绕过这些疑点继续读下去,而不影响他们对故事的理解。

5.5.2 对话式

在对话中交代设定,是一种较为常见的方式。相比于叙述式,它具有一个明显的优势,就是可以在情节推进的同时,把设定交代清楚。另外,它也是一种更适合影视剧的设定呈现方式,因为在影视的环境下,叙述式文本是很难表现的,而对话则可以顺利嵌入。

在《头环制造者》一文中,通过对话交代设定的例子有很多。在这些例子里,有的是在对话中直接对设定进行了解释,而另一些则是通过间接暗示的方式,对设定进行了某种程度的展现。下面我们对这两类情况各举一例,进行说明。

例1：

"他戴着头环，就是他！"

"把它取下来！"

更多的石块落下。老人惊惧地喘着粗气，试图从挡在他身前的两个士兵中间挤过。一块石头击中了他的后背。

"你隐瞒了什么思想？"蜡黄脸的年轻人跑到老人面前，"你为什么不敢接受探查？"

"他隐瞒了见不得人的思想！"一个工人抢下了老人的帽子。一双双手急不可待地伸向老人脑袋上戴着的金属细环。

"没人有权利隐瞒思想！"

例2：

罗斯翻开牛皮纸文件夹，拿出一只弯曲的金属圆环。他仔细地端详了一会儿，"看看它，只是一根某种不知名的合金长条，但它却能有效地阻隔所有的探查手段。心感人都气疯了。心感人想进入佩戴者的思维时，它能反过来震荡心感人的思绪，就像震荡波一样。"

在这两个例子中，作者都借助人物之口，对头环这一设定进行了展示。例1出现的位置是在全文开篇不久,所以,在这些对话里并没有直接说明头环是什么,但通过它们,读者应该可以大致猜测到头环的作用。而相比之下,例2就直接了许多,借助官员罗斯之口,对头环进行了正面说明,也与之前的情节进行了印证。

究竟是在对话中作正面说明好呢,还是间接暗示更好,要根据对话所处的故事环境、文本位置以及对话涉及的人物来确定。在例1中,一群人在围攻一个戴头环的老人。在场的所有人显然都知道头环的作用,所以在对话中插入正面说明就会显得很突兀,况且其位于小说开篇,也没有必要急于将设定交代清楚。其实,在菲利普·迪克的很多小说里,往往通篇都没有对设定的正面说明,但通过其中人物的对话,读者仍然可以还原出其设定的全貌。总体来看,我更倾向于采用间接暗示的方式在对话中呈现设定,相比在对话中做正面说明,它往往显得更加自然。

当然,对话式呈现也有它的缺点。一是它不如叙述式那么高效,为了说明一个设定,作者可能需要设计出一大段对话,这其中或许只有一小部分是作者真正需要的。其二,把对设定的交代灌注到对话中,特别是做正面说明时,有一个必然的风险,那就是可能会破坏对话的自然感。在一些科幻小说中,人物的对话有时候会莫名其妙地拐到奇怪的地方——前面几句话还在聊着家常,后面突然就转变成对一些科技理论的讨论。这种情况当然是我们要尽量避免的。

5.5.3 缺省式

在菲利普·迪克的小说里经常出现这样一种设定呈现的方式：他只是不管不顾地抛出一个陌生的名词，或者描写一个奇怪的场景，却并不对其作任何解释。作者以强迫的方式让读者进入自己构造的世界之中，其间并无任何过渡，就像你一大早打开门，发现自己已然置身于一片陌生的荒漠之中。正如编剧马修·格雷厄姆所评价的："迪克将你从极高处生生地扔入他的世界，没有一句解释，不做一句道歉。在他的头脑中，正常的规则不适用，从零加速到六十迈只需一秒钟。"[1]

这种处理方式最大限度地保证了故事推进的连贯性，让读者沉浸其中，而不会被时而冒出的设定解释拉回现实。另外，它常常给读者以意外的惊喜，仿佛是藏在小说中的一个个闪光点，时刻牵引着读者的注意力。例如，在文中有这样一段话：

> 思想净化局的理事罗斯将信息备忘板推到一边，
> "又一起案件。真期待《反豁免法案》获得通过。"

这段话里，一连出现了三个不加解释的概念："思想净化局""信息备忘板""反豁免法案"。这些名词在之前从未出现

---

[1] 马修·格雷厄姆：《菲利普·迪克的电子梦》，四川：四川科学技术出版社，2019 年，"封底"。

过，在其后的几个段落中，作者也没有对它们做任何解释，似乎默认读者都已熟知这些概念。但是它们并没有对读者的阅读造成太大的阻碍，因为从字面意义上，读者便可以大致猜测到它们的含义。在整篇小说中，这些名词还会不断出现，每出现一次，便让其含义在读者的意识中强化一次，最终就这样潜移默化地将设定印刻在了读者的脑海中，仿佛它们和我们已知的其他日常事物一样，并无区别。或许可以将其称为"洗脑式"呈现方式。

还有一些时候，作者会突然在文中描写一些具有疏离感的场景，但只是作为主要剧情的花絮，同样对此不作任何解释。例如，警察驱散了攻击老人的人群后，扶起了老人，之后出现了这样的描写：

"很好。"警察松开了金属手掌，"为了您的自身安全，建议您离开街道，进入室内。"

文中的"金属手掌"显然意味着警察并非普通人担任，而是某种机器人。这个设定在之前的剧情中从未提及，但在这里以这种不经意的方式呈现出来，乍一看有些奇怪，但读者随之会立刻领会其意，产生惊喜之感。又比如，在心感人进入审查办公室的时候，有这样一句描写：

办公室的大门消融，一个四肢细长、脸色蜡黄的年轻人走了进来。

　　这里的"大门消融"又是一个不经意间呈现的设定。纵观全文，作者始终都没有解释这种通过"消融"而开启的大门选用的是什么材料，又到底基于什么机制，但这些其实并不重要。重要的是，通过这些点到即止的描写，小说成功地营造出了一种未来感和疏离感。

　　缺省式的设定呈现方式最大化地保证了小说叙述的连贯性和间接性。这并不是菲利普·迪克所独有的写作方式，很多科幻作家都使用过类似的方式。比如，海因莱因也是此中的高手，在《来自地球的威胁》一文中，他在描述月亮城中的生活方式时，基本上只是抛出一个个奇特的简单词语，而不加任何解释：

　　当有旅行飞船到来时，我还要给那些来自地球的"土拨鼠"们做导游。……我们来到了航天港外的城区通道，我的一只脚刚踏上滑行道，她就停住了脚步。

　　确实没必要对这些设定进行解释，因为读者看到"滑行道"一词时，马上就可以在头脑中出现它的形象，而"土拨鼠"则直截了当地表明了月球人对地球人的态度。著名科幻编辑坎贝尔曾要求作家在写未来的故事时，应该假装他们是在给生活在未来的人而写的。也就是说，不需要对日常概念做任何解释，让惊奇场景在叙述中自然地生发出来。①

对于初学者来说需要注意的是，这种直接抛出陌生名词或者奇怪场景的处理方式，要有所节制，不可滥用，更重要的是，要给读者留下生动、可感的意象。如果只是抛出一堆自己生造的名词，不解释，也无法让读者形成任何意象，那还不如不用。比如一些科幻小说里大量使用"量子音乐""量子麻醉枪""量子波武器"等名词，我觉得就大可不必，因为它们无法形塑出具有惊奇感的意象。读者看到"量子麻醉枪"会产生什么画面呢？不外乎还是普通麻醉枪的形象，这一点儿也不"科幻"。

5.5.4 渐进式

对于一些较为复杂的设定，或者与故事推进息息相关的设定，我们通常不能在一个节点上将其完全呈现出来，而是要采取分步的方式，渐进式地揭露出设定的全貌。因为与故事的推进契合在一起，这种呈现的方式不仅显得更为自然，而且可以借助设定本身构造有力的悬念，增加故事的张力，往往会给读者留下深刻的印象。

《头环制造者》这篇小说有一个核心的设定——互传网络，就采用了渐进式的呈现方式。对于心感人，小说最早只是提到，他们可以扫描普通人的思想，但对于他们彼此之间能否互相感

---

① 爱德华·詹姆斯，法拉·门德尔松主编：《剑桥科幻文学史》，天津：百花文艺出版社，2018年，第100页。

应,却并没有提及,或者说,被有意回避了。例如,心感人阿博德在对自己的一次抓捕过程进行陈述时,说到了以下的话:

> 弗兰克林是另一个心感人发现的,不是我。我被告知他朝我这个方向来了。当他走到我旁边时,我大喊他戴着头环。

第一次读这段话的时候,读者大概并不会觉得这有什么问题。这里首次在文中出现了两个心感人之间的交流,但对交流方式则是一笔带过。在通读全文之后,如果读者再次回读这段话,就会发现原来其中已经藏着设定的某些端倪。

作者第一次对这个设定做部分揭露的场景,出现在故事已经推进到三分之二的位置处。那时候,两个反抗者试图潜入瓦尔多议员的宅邸进行游说。两人间出现了这样一段对话:

> "有几个机器人守卫。"卡特放下了望远镜,"不过我担心的不是它们。我担心,倘若瓦尔多身边有个心感人,他会侦测到我们的头环。"
>
> "但我们不能摘掉头环。"
>
> "不能摘。若真有心感人,整件事会立马传得尽人皆知,心感人之间会互相传递思绪。"

这里第一次提到"心感人之间会互相传递思绪",这也暗中对应了之前两个心感人在抓捕过程中互通消息的陈述。但是行文至此,这个设定仍然只被披露了一部分。例如,心感人之间思绪的传递,是点对点的,还是一对多的?有距离或者连接数的限制吗?诸如此类的很多设定的细节都没有揭示出来,因为它们和故事最终的走向息息相关——它们是故事的主人公完成最后一击的致命武器。

直到故事的最后一个场景,心感人阿博德和反抗者卡特对峙,作者才终于提及了"互传网络"这一概念。这个名词出现在两人的对话之中:

> 阿博德的眼睛快速转了转,"把它摘下来。我要扫描你——头环制作者阁下。"
>
> 卡特咕哝了一句:"你什么意思?"
>
> "我们扫描了你的几个手下,获取了你的样貌——以及你来这里的细节。我只身来此之前,通过我们的互传网络,预先通知了瓦尔多。我想亲自会会你。"

到这里,作者才第一次披露出心感人之间的互相感应是以网络的形式存在的。但小说在此并没有对这个概念继续深挖,进一步解释这种网络会带来的各种效应。直到故事最后,卡特和阿博德的对峙发生了惊人的逆转，作者才借卡特之口最终完成了这个设定的呈现：

> 阿博德发狂似的将莱姆枪深深地杵在自己的腹部，扣动了扳机。他被炸成千万碎片，纷纷扬扬地落了下来。卡特捂着脸，向后退去。他闭上眼睛，屏住了呼吸。
>
> 当他睁开眼睛的时候，阿博德已经消失了。
>
> 卡特摇了摇头："太迟了，阿博德。你的动作不够快。扫描是即时的——而瓦尔多在范围之内。通过心感人的互传网络……而且即使他们没收到你扫描出的信息，他们也会继续扫描我。"

借助心感人的互传网络，卡特最终逆转了这场近乎压倒式的战斗。这让我们很容易想起刘慈欣的《三体2》。在那本小说里，作者也构造了一个复杂的设定——宇宙社会学，而主人公也同样借助它在小说结尾处实现了一次绝地逆转。读者不妨去仔细分析一下，在刘慈欣的笔下，这种复杂的设定是如何在不经意间进行铺陈，逐渐露出端倪，并最终被揭示出来的。

表 5-3 科幻设定的呈现方式

呈现方式	优点	缺点	适用设定
叙述式	直接、高效	打断故事进程	历史背景、复杂抽象体系
对话式	自然、融入故事	破坏对话的自然感	与人物视角或认知相符的设定
缺省式	连贯、疏离感	不宜密集出现	简单的、画面性较强的设定
渐进式	与叙事协同推进	低效	悬疑或终极设定

最后，我们用一个表格对本节内容做一个总结，如表 5-3 所示。叙述式是最为直接、高效的设定呈现方式，通常用来交代故事的历史背景或者对一些极为复杂抽象的设定体系进行描述，但由于它的出现会打断故事的进程，所以需要寻找合适的位置插入，以尽量减小其对故事连贯性的影响。对话式是最常见的设定呈现方式，它的好处是可以将设定的呈现融入故事之中，因为对话往往也是推动情节发展的重要方式。但需要注意的是，在对话中交代设定需要使相关设定符合人物的视角和认知水平，而且在语言上不能太过书面化，否则会破坏对话的自然感。缺省式是一种可以最大限度地保证文意连贯的设定呈现方式，但它往往只能用于一些较为简单的、画面性较强的设定，而且不能太过密集地出现，否则也会带来反效果。而渐进式将复杂设定进行拆分，在不同位置分批交代，既避免了集中交代设定时容易出现的知识硬块，也让设定的呈现和故事的推进协

同进行，因此通常用于那些与故事的悬念构造有密切关系的或是在整个设定体系中处于核心位置的终极设定。

5.6 叙述形式与叙事节奏

在小说的叙事过程中，有两种主要的叙述形式。一种可称为展示（showing），另一种为告知（telling），两种形式往往在文本中交替出现，共同推进小说的故事向前发展。所谓展示，就是用场景、动作、对话等描写文字向读者呈现出具有画面感的细节，而告知则是作者用自己的语言直接向读者概述某个事件、结论或特征。例如，"他饿坏了"是告知，而"他看着桌上热腾腾的饭菜，不停吞咽着口水"则属于展示。

在小说写作的教学中常常出现"Show don't tell"的建议，不少作家或研究者认为在写作的过程中应该更多地采用"展示，而非告知"的方式。美国作家珍妮特·伯罗薇等人对这种观点的理解是，小说"应该通过文字和思想让读者去感受和体验……从而使叙述更生动、更感人、更能引起共鸣"。[1] 加拿大科幻作家罗伯特·索耶曾总结道，展示比告知更胜一筹的原因有两个，一是"展示能激发读者在头脑中生成画面"，二是"展示具有互动性和参与性，它会把读者带到故事里去"。[2] 英

---

[1] 珍妮特·伯罗薇，伊丽莎白·斯塔基-弗伦奇，内德·斯塔基-弗伦奇：《小说写作：叙事技巧指南》（第九版），北京：中国人民大学出版社，2017年，第29页。
[2] 罗伯特·索耶：《展示，而非告知》（飞氘，译），《科幻世界》2006年第8期，第28-29页。

国叙事学家戴维·洛奇也认为,告知的叙事方式"抹杀了人物和行为的个性特征",一部完全用告知形式写成的作品"是令人难以卒读的"。但他同时也认为告知"自有其独特的用途。比如,它可以加快叙述的速度,让读者匆匆跳过不感兴趣或太感兴趣的细节"。①

事实上,告知和展示在小说中都是必不可少的,其交替使用的过程,其实也引领着小说节奏的变化,从而形成某种特定的叙事效果,体现出不同作家在写作风格上的差异。Rawson 对简·奥斯汀小说《爱玛》中的展示和告知的叙事策略进行了分析,论述了其在人物塑造等方面所起到的作用,并认为其在对话和细节上进行详实陈述的叙事策略是受到了塞缪尔·理查森和亨利·菲尔丁的影响。② 潘守文等对康拉德的著名小说《黑暗深处》进行了分析,发现其在表征主人公的野蛮、凶残等方面,兼用了展示与告知两种叙事方式,而在表征其伟大、文明等方面,却故意使用了单一的告知方式,从而起到了消解和解构帝国神话的效果,体现了作者高超的叙事技巧。③

我们以王晋康的《十字》、刘慈欣的《三体1》、韩松的《地铁》以及何夕的《天年》为例,分析了其中属于展示和告

---

① 戴维·洛奇:《小说的艺术》(王峻岩等,译),北京:作家出版社,1998 年,第 135 页。

② Rawson C. Showing, Telling, and Money in Emma, *Essays in Criticism*, vol. 61, no. 4, 2011, pp. 338-364.

③ 潘守文,李文富:《〈黑暗深处〉的"展示"与"告诉"》,《吉林师范大学学报(人文社会科学版)》2009 年第 4 期,第 60-63 页。

知的部分，结果如图 5-4 所示。可以看到，黑色标记的告知性文本与白色标记的展示性文本，随叙事进程交替出现，形成条纹状的图案。在小说的不同区域，叙事的主体形式也不太相同。如果我们着眼观察黑色的告知型叙事条纹，可以发现其呈现出三类典型的分布方式。

图 5-4　四部长篇科幻小说的叙事条纹图。其中（a）为《地铁》，（b）为《三体1》，（c）为《十字》，（d）为《天年》。图中横轴为文本序列，以一句为一个单位。黑色标记的部分为告知性叙事文本，白色的则为展示性叙事文本。

其一，近连续分布。例如在《三体1》中 3500 句至 3600 句之间，黑色条纹形成了近乎连续的分布，意味着这是一个以告知型叙事为主体的部分。事实上，该段文本交代的是叶文洁对红岸基地所受的"日凌"干扰问题的思考，其中包含大量知识型叙述。简单摘录一段：

调叶文洁进入红岸基地的最初缘由，是她读研究生时发表在《天文学学报》上的那篇试图建立太阳数学模型的论文。其实，与地球相比，太阳是一个更简单的物理系统，只是由氢和氦这两种很简单的元素构成。它的物理过程虽然剧烈，但十分单纯。只是氢至氦的聚变，所以，有可能建立一个数学模型来对太阳进行较为准确的描述。那论文本来是一篇很基础的东西，但杨卫宁和雷志成却从中看到了解决红岸监听系统一个技术难题的希望。

  凌日干扰问题一直困扰着红岸的监听操作。这个名词是从刚出现的通信卫星技术中借来的，当地球、卫星和太阳处于同一条直线时，地面接收天线对准的卫星是以太阳为背景的。太阳是一个巨大的电磁发射源，这时地面接收的卫星微波就会受到太阳电磁辐射强烈干扰。这个问题后来直到二十一世纪都无法解决。红岸所受到的日凌干扰与此类似，不同的是干扰源（太阳）位于发射源（外太空）和接收器之间。与通信卫星相比，红岸所受的凌日干扰出现的时间更频繁，也更严重。实际的红岸系统又比原设计缩水了许多，监听和发射系统共用一个天线。这使得监听的时间较为珍贵，日凌干扰也就成为一个严重问题了。

  可以看到，这两段文字全部是告知型叙事。在科幻小说中常常可以见到这样的段落，大量的科学名词聚集在一起，但它不能简单等同于所谓的"知识硬块"，因为在小说里对这些知识的叙述过程是和主角的经历和思考联系在一起的，是融入故事进程之中的，因此阅读的时候并没有突兀之感。我们在写作的时候应该特别注意，在交代设定或其他知识型叙述时，一定要和故事的推进结合起来，避免出现和故事主体脱节的现象。

其二，密集型分布。在这种区域中，告知型叙事频繁出现，通过简要而概括地叙述，将小说的故事迅速向前推进，形成一种白描式的跳跃性的叙事节奏。在以上四部小说里，韩松的《地铁》是将这种叙事节奏体现得最为突出的，从图5-4（a）中可以明显地看到密集分布的黑色条带。比如下面这一段：

> 气温在继续回升。小寂又经过了几节车厢，他看到，有的车厢，乘客死绝了；有的车厢，却有人类在活动，他们生机勃勃，秩序井然，蟑螂般窜来窜去，把车厢里能吃的东西，包括椅子、纸张、橡胶和广告颜料，都吃掉了。
>
> 有的人在车厢里用死人骨头构筑了奇形怪状的小屋子，栖身在其中。他们的身体结构也变化了，总的来说是向小型化和原初态发展，有的看上去像是两栖类，有的像是鱼类。
>
> 还有的车厢里，诞生了新型的社会组织结构，推

选出了首领，建立了类似"朝廷"一样的东西。有的则以车厢中线为分界，乘客分成了两群，拉开了打仗的架势，要通过决斗，产生他们的领袖……

小寂根据不同情况，朝车厢里面的人打招呼，做手势，却再也无人回应。他觉得，局势正在发生新的变化。

此时，他能看见车厢里的人，但车厢里的人却看不见他了。小寂作为唯一能看清乘客境况的人，感到了孤独。……

小寂对所依附的坚硬车身满怀感激，却又产生了极度的憎恶，忽然间，失去了前进的勇气，宁愿一松手坠下去，与这世界彻底划清界限，一了百了。但在关键时刻，他又一次咬紧了牙关。

因为，经过三天三夜的攀缘，他终于来到了车头处。小寂为眼前的情形而大吃一惊。

可以看到，告知和展示在这部分文字的叙事过程中频繁地交替着，让叙事节奏变得极快。在短短的几百字中，就交代了主人公在几节车厢中看到的各种人类变异的状况。这种叙事方式始终贯穿在《地铁》这部作品中。我们在写作的时候并不需要完全去模仿这样的写法，但这启发我们，当需要在作品中加快叙事节奏的时候，可以采用类似的叙事方式进行处理。

其三，稀疏型分布。在这种叙事方式中，告知型叙事很少出现，而是通过大量展示型叙述，对特定场景进行细致的描写，或者呈现一个较为完整的对话过程。例如，在《十字》的700句至900句之间，就是一个明显的以白色为主的区域。简单摘录一段如下：

> 他们扭开别墅门上那个装样子的铁锁，进屋勘察。屋里很凌乱，地上扔着几只啤酒瓶，也是岸边见过的那种青岛啤酒。桌上放着一块面包，还很新鲜，面包旁是两只啤酒杯。两人都一眼看到这两个酒杯，心照不宣地互相看一眼——斯捷布什金死前并非独自一人！这么说来，关于他是否自杀就不能轻易定论了。卡赞切夫走过去，用戴手套的手撑着两个杯子的内壁，小心地把杯子装到塑料袋中，说："头儿，我看他们离开这儿很匆忙，估计杯子上能找出另一个人的指纹。"
>
> 除此之外，别墅里没有找到其他线索，床上甚至没有住过的痕迹。谢苗诺维奇说："走，回城。去局里检查指纹，再去威克特中心去调查一下。"

实际上，通过文本细读我们可以发现，除了对搜查过程的详细描写，在这部分文字中，还集中了多组对话，包括萨帕林与谢苗诺维奇对单晶硅剑的讨论，以及在警察局召开的一场案情分析会。显然，这些内容是无法用告知的方式一笔带过的，因为它们是推动故事前行的核心情节。

综合而言，展示和告知这两种叙事方式各有其用途。在写作的时候，采用以告知为主或以展示为主的叙事方式，抑或是采用两种叙事频繁交替的方式，需要根据写作的内容、故事的节奏、情节的重要程度等因素来确定。

后 记

2018年，我到南方科技大学，承接"科幻创作"这门课程的教学工作。以此为契机，我把自己的创作经验进行了一次系统的梳理，并尝试着将其融入课堂教学之中。在这个过程中，我遇到了很多困难，比如一些我认为很有用的写作技巧，在学生那里却完全行不通。其中最大的一个困难，就是我找不到一套适合的教材，或者说适合中国科幻爱好者的创作入门书籍。当时市面上出版的科幻写作的指导书很少，几乎全都是从国外引进的，其中所举的例子大部分都从未被中国的读者读到过，因此完全无法应用到实际的教学过程之中。

在尝试和磨合了几个学期之后，我逐渐发现了一些适合于大多数学生的创作方法。至少在我的教学过程中，这些方法的反馈通常是正向的。它们其中一些是从我的创作经验中提炼出来的，另外一些则是在和学生的讨论过程中打磨出来的。在教学过程中，我从学生那里受到的启发，也许并不比学生从我这里得到的少。其中一些学生，比如王真桢、路凯等，都非常积极地参与到了课堂教学中来，为这门课程的开展贡献了自己的力量。

在经过四五个学期的积累后，我决定将这些逐渐成形的创作教学方案整理成文，写一本真正适合中国读者的科幻创作指南。当然，这其中必然还是有一些问题的。比如，选修这门课程的全都是理工科学生，这是这所大学的性质所决定的，因此我并不清楚，这些方法是否适用于一个文科背景的创作者。我希望，就算不能完全适用，至少它也能给所有作者朋友都带来一点启发。

  我在北师大读研究生时，曾经选修过吴岩老师所开设的科幻创作课程，那也正是我科幻写作的开端。我还记得在那门课上，他请到了夏笳、星河和杨平三位作家来指导我们的写作。在星河老师的指导下，我完成了《时振》这篇小说，之后投稿到《新科幻》杂志，成为我正式发表的第一篇小说。随后，在杨平老师指导下完成的《迷雾》也同样发表在了《新科幻》上面。从此，我开始频繁地在各个平台上发表作品，在博士一年级的时候，出版了第一本短篇小说集《完美末日》。在夏笳老师指导下完成的《幻树》，也收录在了这本书里。回头想想，如果当初我没有选修这门课，我大概也不会走上科幻创作这条路。所以，我觉得这门课程最大的意义，其实并不在于教给学生多少创作的技巧，而是给他们一个认真创作和交流讨论的机会。很多学生都是在这门课上第一次完成了一个完整的作品，不管质量如何，他们至少有了一个起点。

  在这门课程中，我也会请到一些作家朋友来做讲座，包括阿缺、江波、陈梓钧等。他们所讲的一些创作经验，我也选择性地融入了本书的体系之中。宝树、三丰等人的一些讨论科幻小说的文章也给我了不小的启发。在此要特别感谢他们。

刘洋
2021 年 6 月于南科大